仮面の魔王の正体は実は……？
「な、なにが起こったのじゃ――っ!?」
俺のマジックアイテム「小型物置」のせいで、
素顔を隠していた威厳ある黒いローブと銀色の仮面が
「自動収納」されてしまったのだ。
魔王ルキエ
「創造錬金術師は自由を謳歌する」
故郷を追放されたら、魔王のお膝元で超絶効果のマジックアイテム作り放題になりました

メイベル

トール
異世界の国ニホンの『通販カタログ』の『フットバス』を
トールが錬金術で再現してみると……
「あったかくて、きもちよくて……
身体が、ぽかぽかしてきます。
魔力が……身体の中を、
ぐるぐると循環しはじめている……
みたいです」
魔術が使えないはずのメイベルが
魔術が使えるように!!
「『健康グッズ』とは言葉の通り、
普通に疲れを癒《い》やすだけのものだと思うのですが……」

羞恥に染まった少女アグニスの全身から、炎が噴き出した。
アグニス

創造錬金術師は自由を謳歌する

故郷を追放されたら、魔王のお膝元で超絶効果のマジックアイテム作り放題になりました

[Author] ― 千月さかき
[Illustration] ―――― かぼちゃ

口絵・本文イラスト
かぼちゃ

装丁
木村デザイン・ラボ

CONTENTS

第1話「追放された日」

「我が子トール・リーガスよ。偉大なるドルガリア帝国は、お前を他国への人質として送り出すこととなった。迎えの馬車はもう来ている。我がリーガス公爵家の名誉のため、その命を使い果たすがいい」

3年ぶりに会った父親の第一声がこれだった。

あいつは唇をゆがめて、愉快な思いつきでも語るような顔をしていた。

俺には、まったく意味がわからなかったけれど。

「話が見えません。父上。どうして俺が人質として他国に……？」

「お前が、死んでもいい人間だからだ」

俺の父——リーガス公爵は吐き捨てた。

横では公爵家に仕える執事と、衛兵隊長が笑いをかみころしている。

ここは帝国の首都にある、リーガス公爵家。

つまり、俺の実家だ。

当主であるバルガ・リーガス公爵の執務室で、俺は父親である彼の話を聞いている。

……どうして、俺はここにいるんだろう。公爵家とはとっくに縁を切ったはずなのに。

俺は13歳のときに仕事を見つけて、家を出た。

それから3年の間、平民として暮らしてきた。二度と公爵家に戻るつもりはなかった。

なのに今日、仕事中に公爵家の兵士が来て、問答無用で俺をこの家に連れてきた。

その場にいた同僚や上司は、無言で俺たちを見送っていた。

相手が悪すぎた。

公爵家は最上位の貴族だ。平民が逆らえるわけがない。

それから俺は馬車に乗せられて、公爵の執務室に連れ込まれ――こうして話をしてる。

「死んでもいい人間……って、どういうことですか？」

俺は父親に訊《たず》ねた。

「ご承知のように、俺は公爵家を出た身です。リーガスの姓も使っていません。今は帝国の文官として仕事をしています。仕事内容は書類仕事に在庫管理、アイテムの修理などです。地味な仕事ですけど、特に失敗もしていないですし――」

「うるさい黙れ!!　公爵家の恥さらしが!!」

父親が、テーブルを叩《たた》いた。

「役立たずなら黙って言うことを聞けばよいものを。どうしてわしに反論する!?」

「……話の意味がわからないからですよ。父上」

「どうしてわからない!?」

わかるわけがない。

「人質として送り出す」「命を使い果たせ」以外、ほとんど説明されてないんだから。

「以前にも言ったであろうが！　公爵家に戦闘スキルを持たぬ者は必要ないと!!」

……どうしてこの男は、理不尽なことを言われたような顔をしてるんだろう。

無理矢理連れてこられて、怒鳴られてるのは俺の方なのに。

「我が祖先は皇帝陛下とともに剣を取り、このドルガリア帝国を作り上げてきた。初代皇帝陛下は、かつて勇者とともに戦った英雄でもある！　自ら剣を取り、領土を広げてきた皇家は、帝国民すべての誇りだ！」

「知っていますよ。父上」

「ゆえに、すべての帝国民は強さを至上としている。貴族ならばなおさらだ。我が公爵家は、他の貴族や、すべての国民の見本とならねばならぬ！　だが、お前は！」

父親の表情を見ただけで、次に来るセリフがわかった。

子どものころから、嫌というほど言われた言葉だからだ。

「お前は戦うためのスキルをなにも持っておらぬ！　攻撃系の魔術も使えぬ！　剣聖であった祖父を持つ公爵家の長男がこれだ！　そんな子を持った親の絶望が、お前にわかるか⁉」

俺は、答えなかった。

どう答えても駄目だって、もうわかってるからだ。

『わかる』と答えれば、『お前にわかるものか！』と、拳《こぶし》が飛んでくる。

『わからない』と答えれば『どうしてわからない⁉』と、木剣で打たれる。


昔からずっとそうだった。

俺には、黙るしか選択肢がなかったんだ。

「言葉もないようだな。では衛兵隊長と執事よ。トールの罪について語るがいい」

公爵は嫌な笑みを浮かべた。

奴《やつ》の言葉に応じて、鎧《よろい》を着た衛兵隊長と、黒服の執事が前に出る。

「10歳のときに神殿にて、トール・リーガスのスキル鑑定が行われました。戦闘系のスキルはありませんでした。公爵家の長男として、あるまじきことです」

「同じく、12歳のときに二度目のスキル鑑定が行われました。その際、戦闘系のスキルの他に、魔術系のスキルを確認いたしましたが、この者に攻撃魔術のスキルはありませんでした。貴族としてあるまじき失態です」


話は終わり、とばかりに、ふたりは俺から視線を逸《そ》らした。

これが、戦闘スキルを持たない者への扱いだ。

ドルガリア帝国は武力によって領土を拡大してきた。

貴族も平民も、戦闘能力を重視してる。

特に、貴族で戦闘用のスキルを持たない者は徹底的に見下される。貴族は先天的に、優れた戦闘スキルを持つ者ばかりだからだ。

だから、俺は公爵家を出た。

試験を受けて文官になり、書類仕事やアイテム修理の仕事をしてきたんだ。

仕事は、ちゃんとこなしてきた。書類仕事は好きだった。

俺のスキルが活《い》かせる仕事も、時々はあったから。

「……確かに、俺に戦闘向きのスキルはありません」

俺は公爵を見返して、言った。

「でも、俺には『錬金術』のスキルがあります」

父親の顔がゆがむのが、わかった。

10歳と12歳のとき、スキル鑑定の結果を伝えたあとに見たのと同じ顔だ。

でも、これが最後だ。言うべきことは言おう。

「俺の『錬金術』スキルは、アイテムの修理や補修に役立っています。現に、役所でもアイテム管理の仕事を任せられているんです。このスキルを磨いていけば、新しいアイテムを作り出すこともできるかもしれません。そのために俺は貯金して、いずれは自分の工房を――」

「黙れ！　そんなものに価値はない‼」

公爵は叫んだ。

「帝国の民は皆、最強を目指して競っている！　他のやり方など必要ないのだ！　それに、帝国には勇者が使っていた聖剣や聖盾がある。最強のものがすでにあるのに……新しいアイテムだと？　それは帝国のやり方を否定するということか⁉」

「そうではありません。俺は――」

「帝国のやり方を否定するのは、皇帝陛下への反逆にも等しい‼」

公爵がテーブルに拳を叩き付けると、天板に亀裂が走った。

そういえば、公爵は剣術と格闘のスキル持ちだったな。まだ衰えてないらしい。

「——まったく。貴族の風上にも置けませんな」

「——公爵家を出ても最低限の誇りは残っていると思ったのですが、これでは……」

衛兵隊長と執事が、声を抑えて笑っている。

それを見ながら公爵がわめき散らす。

「お前を人質として送り出すことは、すでに決定済みなのだ。ぐだぐだ言うな！」

もういい。父親とその仲間には、俺の言葉は通じない。

だったらせめて、情報だけでも引き出そう。

「……決定済みなのはわかりました。けれど『命を使い果たすがいい』というのは、どういう意味でしょうか」

「お前が行くのが危険な場所だということだ」

「危険な場所？」

「あの地には何度も帝国から人質を出している。だが、すべて行方不明になっているのだ。戻って来た者はひとりもいない」

「俺は……どこに送り出されるのですか？」

訊ねると、父親は薄笑いを浮かべた。

それだけで答えがわかった。

「まさか、魔王領に⁉」

「察しがいいのだけは評価する……いや、本当に察しがいいのなら、わしの思いをくみとり、とっくに自害していたはずだ。まだ生きているということは、お前は本当に無能なのだな」
……こいつの、俺に対する感想なんてどうでもいい。
重要なのは、公爵が俺の「魔王領」という言葉を否定しなかったことだ。
本当にこの男は、俺をあの場所に送り込むつもりなのか……？

魔王領とは、かつて人類の敵だった魔族と、亜人が住む国だ。

数百年前、魔王と人間は領土を争っていた。
魔王は強大な魔族を従え、南に向かって侵攻してきていたのだ。
当時の人間は異世界から勇者を召喚することで、それに対抗した。
魔王と魔族たちは強力だったが、人間に味方する勇者も強かった。
激戦の末、勇者たちは魔王軍を、人間の領土から追い払った。
その後、人間の世界と魔王領には境界線が引かれた。
帝国の北にある森の向こうが、魔族と亜人のエリア——魔王領。
そこから南が、人間の世界ということになった。

境界線が引かれてからは、大きな争いは起きていない。
けれど、北の地に追いやられた魔王と魔族は、人間を憎んでいるとも言われている。
魔王領は、いまだに謎の国でもあるんだ。

「帝国と魔王領に交流があったとは……知りませんでした」

「我が帝国は、魔王領に最も近い位置にある。魔族と亜人どもの対策はしなければならぬ」

公爵は吐き捨てた。

「だから数十年に一度、魔王領に人質を差し出すことにしている。魔族や亜人どもは血に飢えた者たちだと言われているからな、生け贄《いけにえ》を差し出してなだめるのだ」

「──魔王や魔族などは、獣のようなものですからな」

「──人間を殺して、自分たちが強いことを確認すれば満足なのでしょう」

公爵と、その配下ふたりは笑い合っている。

……こいつらは本気で、俺が死ぬことを望んでいるのか。

だから話が通じない。死すべき相手と、話す必要はないからだ。

「用事は済んだ。とっとと消えろ。迎えの馬車はもう来ていると言っただろう？」

公爵が手を振る。

それを合図に、部屋の外に控えていた兵士たちがやってくる。俺の両腕をつかむ。

「──っ‼　放せ‼」

振りほどこうとするけど……びくともしない。

わかってる。俺が、戦闘スキルを持つ衛兵の拘束から逃げられるわけがない。

できるならとっくに逃げ出してる。そもそもこんなところまで来ていない。

「衛兵の拘束から逃れることもできぬのか」

公爵は額を押さえて、苦い顔になる。

「お前には本当に戦うためのスキルがないのだな。こんな無能がどうして、我が公爵家に生まれたのだろう……」

「──おいたわしや、公爵さま」

「──お気持ち、お察しいたします」

吐き気がした。

部屋に入る前の身体検査を、拒否すればよかった。

そうすれば、錬金術の素材として持ち歩いていた石を、公爵の顔に投げつけてやったのに。

「……俺は、あんたが大嫌いだよ。バルガ・リーガス公爵」

「お前はもう死んだ人間だ。死人が口を開くな」

「魔王領に人を送りたいなら、あんた自身が行けばいい」

「わしが？　どうしてそんなことをしなければならぬ？」

「その方が帝国に貢献できるだろう？　見て来たもの、聞いて来たものを、皇帝にその口で話せばいいだろうが！」

「帝国は魔王領に勝利しているのだ。敗者の国の情報など必要あるものか」

「油断しすぎだ。終わってるな。あんた──」

「死人が口を開くなと言ったぞ‼」

腹に衝撃が来た。

「……がはっ……が……」

思わず呼吸が止まる。声が出なくなる。

……くそ。結局、力ずくかよ。

「連れて行け」

公爵は手を振った。

「間違って生まれてきた子はいなくなり、我が公爵家に新たなる日々がはじまる。今日は記念すべき日だ。祝杯をあげるとしよう」

その言葉を最後に、執務室のドアが閉じた。


そうして俺は、生まれ育った国を追放されたのだった。

第2話「魔王領の少女と出会う」

馬車は北に向かっている。

窓に板が打ち付けられているせいで、外はまったく見えない。

さっきから揺れが強くなっている。街道の整備がされていない土地に入ったんだろう。

馬車の進む音に合わせて、兵士たちと馬の足音も聞こえる。

兵士の数は20人前後。

護衛というよりも、俺を逃がさないための監視役だな。あれは。


帝都を出てから10日が過ぎた。

旅は順調に続いている。俺の気分は別として。

俺は数時間ごとに馬車を下ろされて、食事と休憩を取っている。兵士たちの監視付きとはいえ、食事はちゃんとしたものだ。

「たぶん、魔王領に着く前に俺が死んだら困るからだろうな……」

俺は外に出るたびに兵士たちの様子を観察してきた。

奴らの目を盗んで逃げるのは……無理だな。

兵士の中には騎兵がいる。走って逃げても、すぐに捕まるのがオチだ。

「……これだから公爵家には関わりたくなかったんだ」

実家とはとっくに縁を切ったつもりだった。

母の姓を名乗り、役所の試験を受けて採用された。職場では、書類整理やアイテムの修理と補修を担当してきた。

帝国では文官とは『武官にも兵士にも、冒険者にさえなれなかった者』が就く仕事だ。

他の部署からは見下されていたし、給料も安かったけれど、それでもよかった。

職場では『錬金術』スキルを活かすことができたから。

「アイテムの修理には便利だったんだけどな。このスキル」

俺はスキルを確認した。


『錬金術』

物質の精製・合成・加工を行う。

素材を組み合わせることで、新たな素材やアイテムを作り出すこともできる。

また、錬金術の特性として、鑑定能力も持つ。


職場の倉庫には、たくさんの壊れたアイテムがあり、その管理やチェックも俺の仕事だった。

書類仕事の合間に、俺は『錬金術』スキルでアイテムの修理をしてきた。

楽しかった。

壊れていたものが直って、使えるアイテムに変化していくのを見るのが嬉《うれ》しかった。

自分が公爵家の人間だったことなんか、忘れかけていた。

「でも結局……公爵は俺の存在そのものが許せなかったのか」

だから国から追い出した。逃げられないように、大量の兵士でまわりを固めて。

馬車の窓には板を打ち付けて、ドアには外から鍵《かぎ》をかけて。

スキルで脱出するのは可能だけれど――

「発動『錬金術』」

俺はスキルを起動した。

隠し持っていたスプーンが、ぐにゃり、と変形した。指で触れると、粘土のように形を変える。

これが、俺の『錬金術』スキルだ。

金属などの素材を変化させて、新しいものを作り出すことができる。

俺は食事のとき、兵士の隙《すき》をついてスプーンやフォークをくすねておいた。金属製品があれば、別のものに加工できるからだ。これをドアの隙間に差し込めば、錠くらい外せる。

「だけど、その先が問題だな……」

20人の兵士の監視をすり抜けるのは無理だ。

となると、魔王領に入ってから動いた方がいい。兵士はそこまで来ないはず。

ずっと話を聞いてきたからわかる。兵士たちは、魔王領の者たちを恐れている。

魔族が人間にいい感情を持っていないと考えているんだろう。でなければ人質や生け贄なんか送り込む必要がないからな。

でも……実際はわからない。

俺は魔族や亜人を、この目で見たことはないんだから。

錬金術師としては、彼らに会って話をしてみたいけど……いや、やっぱり逃げるのが優先だな。

「ここで死ぬわけにはいかない。俺はまだ、『錬金術』を極めてないんだ」

持って生まれたスキルだ。極めたいと思ってなにが悪い。

帝都にいたころだって、俺は何度も錬金術師の工房を訪ねている。けれど、工房に入るのは拒否された。公爵家が裏で手を回していたからだ。

公爵は病的なくらい、俺が人前に出るのを嫌っていたんだ。

俺は役所に時々やってくるアイテムの修理をするだけで、満足するしかなかった。

本当は、自分の工房を開きたかった。

『錬金術あります』って看板を出して、お客を取って、自分の『錬金術』スキルでなにができるのか試したかった。

だから俺は仕事をしながら、ずっと金を貯《た》めていた。

いつか『錬金術師トール』と名乗る、その時のために。

「本当は、宿舎の施設を直したりしたかったんだけどな」

そういうことに『錬金術』スキルを使うのは禁止されてた。

文官は帝国では下っ端だ。施設を補修するのにも許可がいる。

俺がいた宿舎は隙間風が吹き込んでいて、かまどは湿気《しけ》って火がつきにくい。割れた窓を修理する許可をもらうまでにも1ヶ月かかっている。

庶民の家も似たようなものだ。

まともに整備されているのなんか、貴族や金持ちの家くらいだ。

戦闘力至上主義の帝国は、軍事に資金を注《つ》ぎ込んでる。兵士や魔術師の育成、剣や鎧《よろい》や馬、遠征のための食料など、軍事は金食い虫だ。結果、建物なんかの整備は後回しになる。

戦力増強以外に人と予算を回せば、もっと暮らしやすくなるはずなのに。

「……もしも俺が、このまま生き残ることができたら──」

帝国の手の届かないところで、『錬金術』スキルを極める。

生活に便利なアイテムを作って、快適生活を送り続ける。

世界最強の軍事国家なんて知ったことじゃない。

俺がいるところを、いつか、強さなんか無意味な場所にしてみせる。


「まもなく魔王領との境界だ。警戒を厳《げん》にしろ！」


──そんなことを考えていたら、兵士の声がした。

少し遅れて馬車が停《と》まる。目的地に着いたらしい。

そのまま待っていると、馬車の扉が開いた。

「トール・リーガスどの。こちらへ」

「ひとりで歩ける」

兵士の手を振り払って、俺は馬車を降りた。

やっと、広い場所に出た。

身体《からだ》を伸ばしてまわりを見ると、一面に草原が広がっていた。帝都から続いていた街道はここで途切れている。ということは、ここが人間の領域の終わりということになる。

街道の北には、黒い森が見えた。

あれが、人間の世界と魔王領の境界だろうか。

「あの森の向こうが魔王領か？」

「……」

「これからの予定はどうなってる？　俺は魔王領の誰《だれ》に引き渡されるんだ？　迎えが来るのか？

それともこのまま、あんたたちが森の向こうまで送ってくれるのか？」

兵士たちは答えない。全員、緊張した顔で森の方を見つめている。

「合図の矢を放て」

「――はっ！」

兵士のひとりが空に向かって、赤い布のついた矢を放つ。

しばらく時間が過ぎて――やがて、森の中に人影が現れた。

「……来たぞ。亜人どもだ」

兵士のひとりが、震える声でつぶやいた。

森の方から現れたのは、牛頭人身の亜人――ミノタウロスだった。

数は4人。書物で読んだ通り、本当に牛のような頭をしている。

筋骨隆々とした人の身体で、身長は2メートル以上。

初めて見た。あれがミノタウロスか……。

「――――凶暴な亜人どもが」

兵士たちは震えながら、ミノタウロスを見ていた。

「そうかな？」

俺は思わず声に出していた。

ミノタウロスたちは全然、凶暴そうには見えない。むしろ表情は穏やかだ。

武器は持っていない。警戒心を解くためか、両手を頭上に挙げている。

別にこっちを威嚇しているわけじゃない。俺から見れば礼儀正しいくらいだ。

「俺の目には、全然凶暴には見えないんだが」

「ちっ」

「舌打ちするな。あんたたちは使者だろ？」

兵士たちは答えない。

ミノタウロスに話しかける役目を押しつけ合っている。

……いい加減にしろ。

もう、帝国のやり方にはうんざりだ。

「……話す気がないなら、もういい」

俺は兵士たちを無視して、前に出た。

「ま、待たれよ！　勝手な行動は――」

「だったらあんたが前に出てあいさつすればいいだろ」

「――っ」

俺が言うと、兵士は黙った。

役目を押しつけ合ってるところを魔王領の者たちに見せるのは避けたい。

俺は隙を見て逃げるつもりでいる。そのためにも、相手を油断させておきたいんだ。

第一印象はよくしておこう。

「ドルガリア帝国から参りました、トール・リーガスと申します」

俺はミノタウロスたちの方に進み出て、名乗った。

「出迎えの方とお見受けします。申し訳ないが、俺はこれからどうすればいいのかまったく聞かされていません。代表の方と話ができればうれしいのですが」

「……だいひょうしゃ。きます」

ミノタウロスのひとりが応《こた》えた。

少し間があり――彼らの後ろから、人影が近づいてくる。

彼女は長い銀色の髪を揺らし、俺の方を見て、ゆっくりと一礼した。


「魔王領よりお迎えに参りました。トール・リーガスさま」


現れたのは、メイド服の少女だった。

白い肌で、長い銀髪をリボンで結んでいる。

髪の間から見えるのは、尖《とが》った耳だ。エルフだろうか。

「エルフのメイベル・リフレインと申します。魔王領までご案内させていただきます。どうか、よ

ろしくお願いいたします」

「ありがとうございます。俺は帝国の者で、名をトール・リーガスと申します」

「これは……ごていねいに」

エルフの少女は、深々と頭を下げた。

左右に控えるミノタウロスたちも、同じようにする。

俺はそれに、貴族としての礼を返す。

それに対して、エルフの少女メイベルと、ミノタウロスたちもまた、頭を下げた。

丁重だった。

人質や、生《い》け贄《にえ》を迎えに来たようには見えなかった。


「──嘘《うそ》だろ。武器もなしに、亜人に近づくなんて」

「──どうかしてるんじゃないか？　相手は、魔王の配下だぞ」

「──あきらめたんだろうよ。どうせ長い命じゃないんだからな」


後ろを見ると、兵士たちが震えていた。

全員が、鞘《さや》に入ったままの剣に手を伸ばしてる。

抜いていないのは、使節団としての責任感からだろう。

「向こうは丁重にこっちを迎えてるんだ。使者としての仕事をしろよ」

俺が言うと、兵士たちはこっちを見て、

「──貴様はなにもわかっていない。エルフは一撃で十数人を吹き飛ばせる魔術の使い手なんだ」

「──ミノタウロスは怪力の持ち主だぞ。人の頭なんか、簡単に握りつぶせるんだ」

「──警戒するのは当然だろう。あんな連中に、どうして近づいたりできるんだ……」


魔王領の人たちに聞こえないように、小声でつぶやいた。

「あんな連中って……あんたたちの言うことかよ」

こいつらはずっと、俺を馬車に閉じ込めていた。

必要な時以外は外にも出さず、俺と話そうともしなかった。

魔王領の人たちの方が、話を聞いてくれるだけましだ。

「連れの者が失礼しました。おわび申し上げます」

俺は、覚悟を決めた。

魔王領の使者の前に進み出て、告げる。

「俺はドルガリア帝国のリーガス公爵家長子、トール・リーガスです。皇帝陛下の命により、魔王領にお邪魔することになりました。貴国のことはなにも知らないので、失礼があるかもしれませんが、どうぞお許しを」

「まぁ……まぁまぁ！」

エルフの少女の両手が、俺の手を包み込んだ。

ひんやりとした、滑らかな手だった。

彼女はすみれ色の目を見開いて、うなずきながら、

「帝国の方から、これほどていねいなごあいさつをいただいたのは初めてです！」

彼女は俺に向かって、優しく笑いかける。

「歓迎いたします。魔王領は北の果てですので、行き届かぬところはあるかと思いますが、よろしくお願いいいたしますね。トールさま」

「こちらこそ。よろしくお願いします」

……逃げるのは後だな。とりあえず、様子を見よう。

魔族と亜人に興味がわいてきた。

世界の謎を知りたがるのは、錬金術師の本能みたいなものだからな。

それに『錬金術』で金属塊《きんぞくかい》に変えたフォークは、左右のポケットに入っている。

これを鍵《かぎ》や刃物に作り替えれば、いつでも逃げられるんだ。

「トール・リーガスどの。使者引き渡しの書類に、サ、サインを！」

引きつった声が聞こえた。

振り返ると馬車の横で、隊長が書類を持って手招きをしていた。

でも……使者って。

そりゃ魔王領の人の前で、俺を人質とは呼べないだろうけどさ。

「俺のサインでいいんだな？」

俺は隊長のところに戻り、手早く書類にサインをした。

「あ、あの生き物からも、サインをもらってきていただきたい」

「メイベル・リフレインさんから？」

「……貴様はなぜ、あの生き物に触れられるのだ？」

隊長は真っ青な顔をしていた。

「エルフが使う魔術の威力を知らないのか？　奴らは人間ではないのだぞ。どうして貴様はあの生き物に、気安く近づくことができるのだ。どこかおかしいのではないのか？」

「魔王領とは不戦協定を結んでいるのでは？」

「魔族や亜人の言うことなど信じられるか」

「子どもを拉致《らち》する親や、その部下よりはましだろ」

俺の言葉に、隊長はただ、無言で書類を押しつけただけだった。

あとはもう、こっちを見ようともしない。

仕方ないので俺はメイベル・リフレインのところに戻り、書類を渡した。

メイベル・リフレインは快くサインをして――

「これで、使者の引き渡しは完了でございますね」

それから――俺に向かって、深々と頭を下げた。

「ここからは森に入ります。歩きにくいと思いますので、補助の者を用意いたしました。必要でしたら、彼らが抱《たた》えて運ぶこともできますよ」

彼女が手を叩くと、木々の向こうから大きな人影が現れた。

4人のミノタウロスだった。今いる者と含めて、合計8人。

エルフ少女メイベルの後ろで、横一列に並んでいる。

「ひ、ひいいいいいいいいいっ‼」

隊長は俺の手から書類をひったくって、

「こ、これでトール・リーガスの引き渡しは完了ですな！　では、我々はこれで失礼する。帝国と魔王領との不戦協定が、どうかとこしえに守られんことをっ！」

「「失礼する‼」」

兵士たちは馬車を急《せ》かしながら、帝都のある方へと走り去った。

第3話「覚醒《かくせい》！『創造錬金術《オーバー・アルケミー》』」

「トールさまは、私たちを恐れたりしないのですね」

メイド服を着たエルフの少女、メイベル・リフレインは言った。

俺たちがいるのは魔王領との境界。背の高い木々が茂る森の中だ。

先頭を歩くのは4人のミノタウロス。

その次に俺。隣にはエルフのメイベル・リフレイン。

最後尾を残りのミノタウロスが守っている。

「魔王領が近づくと、人間の方はおびえてしまうようなのですけれど……トールさまは落ち着いていらっしゃいます」

彼女は俺の方を見て、目を輝かせてる。

「あなたのように、勇気のある人は初めてです」

「別に勇気があるわけじゃないです」

俺はエルフのメイベルや、ミノタウロスたちを怖いとは思っていない。

確かに、ここは人ならぬ者が住む魔王領との境界領域だ。俺の味方はどこにもいない。

エルフは強力な魔力を持ち、魔術で俺を簡単に殺すことができる。

前後には8人のミノタウロスがいる。俺はそのうちひとりを相手にしても敵《かな》わない。

でも、怖くはない。

ミノタウロスたちは俺を客として扱ってくれてるし、歩きにくいところは手を貸してくれる。

帝国の兵士たちに比べれば、天と地くらいの差があるんだ。

でもまぁ、とりあえず――

「人間の世界と魔王領は、不戦の協定を結んでおります。むやみに恐がるのは失礼ですから」

――そういうことにしておいた。

「なるほど。単身ここにいらっしゃるだけのことはあります。ご立派な方……」

メイベル・リフレインは納得したように、うなずいてくれた。

いい人みたいだ。たぶん、だけど。

「疲れたらおっしゃってくださいね。ミノタウロスさんたちに運ばせますから」

「いえ、大丈夫です」

俺は首を横に振った。

地面は歩きにくいけれど、疲れは感じない。

というか、森に入ってから体調が良くなっているような気がする。

不思議な魔力を感じる。帝国にいたときには感じなかった魔力だ。それが身体《からだ》を満たしていく。

そして、不意に――頭の中で、声が響いた。

『闇《やみ》の魔力の吸収が完了しました』

『光・地・水・火・風属性の魔力と合わせて、基本6属性の魔力吸収が完了しました』

『スキル「錬金術」が「創造錬金術《オーバー・アルケミー》」に進化しました』

『「素材錬成」スキルが完全に覚醒しました』

『「属性付加」スキルが完全に覚醒しました』

『「鑑定把握」スキルが完全に覚醒しました』

――なんだこれ⁉
俺がスキルを確認すると――

『創造錬金術《オーバー・アルケミー》』

最高位の『錬金術』スキル。

光・闇・地・水・火・風の6属性の魔力すべてを受け入れられる者のみ、このスキルに覚醒する。

アイテムの外見・効果・能力についての情報を元に、同等のアイテムを作り出すことができる。

また、以下の錬金術スキルを使うことが可能。

『素材錬成』
自分の魔力から物質を生み出すことができる。
物質を合成し、新しい素材を作り出すことができる。
物質を加工し、好きな形に変化させることができる。
作り出せる物質は、現在のレベルによって変化する。

『属性付加』
対象の物質に、好きな属性を付加できる。
付加できる属性数は、対象の物質によって変化する。

『鑑定把握』
対象のアイテムの属性・素材・効果を鑑定する。
鑑定した情報は、スキルの中にデータとして記録される。

『錬金術』スキルが変化した？
しかも、魔力から物質を作り出す……って。そんなスキルがあるのか？
いや、確かに自分の中のスキルは、それができると教えてくれてるけど。
でも、便利すぎる。

俺に戦闘用のスキルがなかったのは、この『創造錬金術《オーバー・アルケミー》』に、能力を全振りしてたからじゃないか、って思うくらいだ。

そうじゃなかったら、こんなスキルに覚醒する理由がわからない。

「どうかされましたか？　トールさま」

気づくと、メイベル・リフレインが俺の顔をのぞき込んでいる。

「お疲れですか？　慣れない土地だから気分でも悪くなったのですか？」

「いえ。大丈夫です」

「気分が悪くなったのならおっしゃってくださいね。土地の魔力の影響で、体調を崩されることもあるかもしれません。このあたりは、人の領域とは魔力の強さが違いますから」

……土地の魔力？

「そういえば、魔王領では『闇』の魔力が強いんでしたっけ？」

「おっしゃる通りです。人間の領域には『光』の魔力が満ち満ちているのでしょう？」

「帝国では『火』と『地』の魔力も強いです。『火』は敵を焼き尽くす力を、『地』は決して折れない鋼のような強さを意味して——あ」

わかった。

俺のスキルが覚醒したのは、この地で『闇』の魔力を取り込んだからだ。

人間の領域は『光』の魔力が強く、『闇』が弱い。

魔王領では『闇』の魔力が強く、『光』が弱い。

ずっと帝国の首都にいた俺は、十分な闇の魔力を得ることができなかった。

『創造錬金術《オーバー・アルケミー》』に覚醒するには、6属性——光・闇・地・水・火・風の魔力が必要。

俺は魔王領に近づいたことで、大量の闇の魔力を吸収したんだ。

それで、必要な魔力がそろって、『創造錬金術《オーバー・アルケミー》』に覚醒した……ってことか。


「どうかしましたか？　トールさま」

「……なんでもないです」

「そ、そうですか」

エルフのメイベルはうなずいてくれた。俺のすぐ近く、息が触れるほどの距離で。

この人、俺のことをまったく警戒してないんだな。

「とぉるさま、めぃべるさま」

不意に、先頭を歩くミノタウロスが声をあげた。

「このあたりは、道が悪くなって、ます。気をつけて、ください」

「わかりました。トールさまもお気をつけて……っと。あら」

ぐらり、と、メイベルがよろめく。

俺は思わず手を伸ばして、その身体《からだ》を支えていた。

「大丈夫ですか？」

「も、申し訳ありません！」

メイベルは慌てて俺から離れる。深々と、頭を下げる。

「トールさまに注意しておいて自分がつまずくなんて……お恥ずかしい」

ぱきっ。

——なにかが割れるような音がした。


「……あ」

「めぃべるさま⁉」

慌てたミノタウロスが、地面に落ちたものを拾い上げる。

青い石のついたペンダントだった。金色の鎖が、砕けていた。

「よろけたとき、木の枝に引っかかったのですね」

「すいません。めぃべるさま。じぶんたちが注意、するべき」

「いいんですよ。元々、鎖がこわれかけていたのですから」

「しかし、それはめぃべるさま、の、お母さまの、だいじな」

「平気です。気にしないでください」

メイベルの手の平には、鎖の切れたペンダントがあった。

「——直してみてもいいですか？」

思わず、俺は声を出していた。

案内役の少女メイベルは、淋《さび》しそうに肩を落としている。

それを見ていたら、自然と言葉が口をついて出ていたんだ。

「切れた鎖なら、何度か繋《つな》ぎ直したことがありますから。よければ、ですけど」

「トールさまは、細工師なのですか？」

「いいえ。俺は、錬金術師です」

気づくと、そう名乗っていた。

ここでなら『自分は錬金術師だ』と宣言してもいいような気がした。

俺が『創造錬金術《オーバー・アルケミー》』というスキルに目覚めた、この場所なら。

帝国では錬金術師だって名乗ることも許されなかった。やってた仕事も『錬金術』スキルを利用した、アイテムの修復だけだ。錬金術の工房を開いたこともないし、誰《だれ》かから依頼を受けたこともない。

正直……自分から、錬金術師と名乗るのには、まだ少し不安がある。

でも、俺は『創造錬金術《オーバー・アルケミー》』のスキルを活《い》かしたい。錬金術師を天職にしたいんだ。

だから——

「俺は錬金術師の……トール・リーガスです。その鎖を、俺に修復させてもらえませんか？」

俺はメイベルに向かって、そう宣言した。

メイベルとミノタウロスたちは、おどろいたように俺を見た。

「……お客人にお願い事をしてもいいのですか？」

「構いません」

「で、では……」

メイベルは俺にペンダントを差し出した。

「これは私の家に伝わるもので……母の形見でもあるのです。直していただけるなら、ぜひ、お願いします」

「わかりました」

俺は木の根元に腰を下ろした。

ペンダントを受け取り、鎖に触れて――『創造錬金術《オーバー・アルケミー》』の『鑑定把握』を発動する。

目の前に、ペンダントの情報が浮かび上がる。

『水霊石のペンダント』（属性：水）
水の精霊の祝福を受けたペンダント。
ペンダントヘッドには水の魔石がついている（破損があるため詳細不明）。
鎖は金属製（触れたことのない素材のため不明：分析中）。古い傷により、強度低下。

なるほど。傷ついていた鎖が切れたのか。となると、部分的な修復だな。それならできそうだ。

魔力で部分的に金属を生み出して、そこに水属性を付加すればいい。

「発動――『素材錬成』」

俺は鎖の切れた部分に指を当てた。

金属は『地属性』の魔力から生まれる。どんな金属でも、それは同じだ。

この『素材錬成』スキルは、それを手持ちの魔力で実現するものだ。

スキルを起動すると頭の中に、魔力を注いでかき混ぜるようなイメージが浮かぶ。

これが錬金術師の使う、錬金釜《がま》の代わりらしい。

「『素材錬成』実行。修復開始」

手の平に載せたペンダントが、しゅう、と音を立てた。

鎖の欠けた部分が、生き物のように動き出す。

そして——


「——お、おぉ。めぃべるさま、これは⁉」

「——くさり、が、きれいな姿に？」

「——なにもないのに？　きんぞく……うまれてる⁉」


ミノタウロスたちがおどろいてる。

実は俺もびっくりしてる。魔力だけで素材生成って、できるものなんだな……。

これが『創造錬金術《オーバー・アルケミー》』の力か。


かちゃん。


しばらくすると、ペンダントの修復が完了した。

欠けていた鎖は、きちんと繋がっている。問題なしだ。

「できました。はいどうぞ」

「…………」

「応急処置なので不備があるかもしれません。あとで専門の細工師に見てもらってください」

「…………」

「もちろん、念のためです。いい加減な仕事はしていません。俺は錬金術師ですから。これからは堂々と、錬金術師と名乗ることにしましたから」

「…………」

「あの、メイベル・リフレインさん？」

「使者さま……いえ、トールさま！」

いきなりだった。

メイベル・リフレインは両手で、俺の手を握りしめた。

「ありがとうございます！　母の形見が、完全な姿になりました……」

ああ、鎖の切れた部分は、跡形もなく修復されているってことか。

「完全な姿？」

「トールさまは、さぞ高名な錬金術師なのでしょう……」

メイベル・リフレインはペンダントを握りしめて、涙ぐんでる。


「自分も感動しました、とぉるさま」

「ほんの数分で直すなんて、どわぁふの細工師でも、むり」

「すごい人が来たものだ……」

ミノタウロスたちも声を震わせている。

錬金術スキルを使って、こんなに感謝されたのは初めてだ。

「……そうか。世の中の錬金術師って、こういう気分だったのか」

誰かの大切なものを直して……感謝される。

こんなの、うれしいに決まってる。

歴史書に出てくる錬金術師も、こんな思いでスキルを磨き続けていたんだろうか。

勇者時代の前には、魔法剣や魔法盾などのマジックアイテムを作る錬金術師が普通にいたと聞いている。彼らもまた、自分の作ったアイテムで人を喜ばせたいと願いながら、アイテムを作り続けていたのかもしれない。

戦えない者が差別される帝国で、それでも工房を構えて、仕事をしている錬金術師たちも。

自分から依頼を受けて、アイテムを修理して——それが初めて、わかったような気がする。

——そんなことを考えながら、俺はまた、魔王領に向かって歩きはじめた。

エルフの少女メイベルは、いつの間にか俺の隣で歩調を合わせている。

穏やかな笑みを浮かべながら「どうか、メイベルとお呼びください」と言ってくれた。

「はい。では、案内をよろしくお願いしますね。メイベルさん」

俺がそう呼ぶと、メイベルはうれしそうな顔で——

「はい。錬金術師トールさま！」

俺の、錬金術師としての名前を呼んでくれたのだった。

第4話「魔王に雇われる」

森の出口では、馬車が待っていた。

3頭立ての馬車だった。黒塗りの車体に、銀色の飾りがある。魔王の紋章らしい。

俺とメイベルが乗り込むと、馬車はゆっくりと進み出す。

「ここが、魔王領か」

窓からは、広い草原が見えた。

遠くには大きな川が流れていて、船が行き来している。

船を動かしているのは鱗《うろこ》がある魚人《マーマン》だ。

船の近くを少女が泳いでいる。耳のあたりにひれがある。人魚《マーメイド》だろうか。

草原では狼《おおかみ》っぽい獣人が羊を追っている。

馬車の近くで大きな荷物をかついでいるのは、熊の獣人だろう。

「色々な人がいるんですね」

帝国では、魔王領は混沌《こんとん》とした場所だと言われていた。

領地に足を踏み入れたら、魔獣が襲ってくるとか。凶悪な獣人が人間をさらっていくとか。

でも実際は、みんな普通に暮らしてる。

というか、帝国より穏やかだ。

「そうですね。みなさんがそれぞれ得意な仕事をしてくださっています」

メイベルは言った。

「魔王領は人口が少ないですからね。人々には、得意分野で能力を発揮してもらうことになっているのです」

「合理的ですね」

「トールさまにもぜひ、魔王領で得意なお仕事をしていただきたいと考えています」

「俺にも？」

「魔王領が、帝国から客人を招いているのは、新たな技術や知識を教わるためですから」

「……え？」

話が違う。

俺が命じられたのは、魔王領への人質になること。

それどころか父親は「死んでこい」と──生け贄《いけにえ》になれと言っていた。

ところが、魔王領の人は俺を「客人」と呼んでる。

実際にはメイベルたちに歓迎されて、賓客扱いだ。

「うかがってもいいですか？」

「はい。どうぞ」

「これまでも魔王領へ来た人がいるはずですが、その人たちはどうなったんですか？」

「前回は50年前ですね。私はまだ生まれてなかったので、話に聞いただけですけど……」

メイベルは少し考え込むようにしてから、

「確か……ここに来てすぐに、黙って帰ってしまったと聞いています」

「黙って帰った」

「行動に制限をつけていたわけではありませんから。ただ、あの森をひとりで通るのは危険なので、お送りしようとしたそうなのですが……結局、こっそりと帰ってしまったとか」

「そうだったんですか……」

話が見えてきた。

魔王領では、帝国から来る者を使者や客人だと考えている。だから歓迎する。

でも、帝国の側では、人質や生け贄を送り込んだつもりでいる。

だから、送り込まれた者は逃げようとする。

命令を無視して逃げるわけだから、あとで帝国に報告したりはしない。

結果、行方不明扱いになる、というわけか。

「トールさまは……魔王領にいてくださいますか？」

気づくと、メイベルがじっと俺を見ていた。

「魔王領には、トールさまのような錬金術師はいません。ぜひ、お力を貸してください。私はあなたが快適に暮らせるようにお手伝いいたします。だから――」

「俺は帝国と魔王領の友好のために来ました」

俺は言った。

歓迎してくれている人に「いいえ。俺は帝国から送り込まれた人質で、生け贄なんです」なんて言いたくなかった。

本当は、俺も逃げようと思ってた。

城に着いたあとで警備の状況を調べて、脱出ルートを確保するつもりだった。隠してある金属素材も、鍵《かぎ》がかかっているドアを開けるために取っておいたものだ。

でも……そんな必要はないみたいだ。

魔王領の人たちは俺を丁重に扱ってくれてる。逃げる理由はない。

そもそも自由が制限されないわけだから、脱出計画を立てる意味もない。

それに、エルフの少女メイベルは、俺が錬金術師と名乗るきっかけをくれた人だ。彼女のおかげで俺は錬金術師として仕事をする楽しさを、再確認できた。

そんな彼女を、がっかりさせたくない。

「俺は、魔王領にいる間は、この国のために、できることをするつもりです」

「ありがとうございます‼」

身を寄せてくるメイベル。距離が近い。すごく近い。

馬車が揺れるたびに、修復したばかりのペンダントが揺れる。ついでに彼女の大きな胸も揺れる。

『エルフは身体《からだ》の発育が悪い』という帝国の知識は、間違いだったらしい。

まだまだ知らないことがいっぱいだ。

「あと1時間ほどで、魔王城に到着します」

近づきすぎたことに気づいたのか、メイベルが頬《ほお》を染め、自分の席へと戻った。

「到着したら、魔王さまに謁見《えっけん》していただくことになります。ご準備をお願いいたします」

魔王──魔族の王にして、この魔王領の支配者。

魔王領で生きていくためには、絶対に機嫌を損ねてはいけない相手だ。

メイベルやミノタウロスたちは歓迎してくれるけれど、魔王はどうだろう……。

そんなことを考えながら、俺は馬車に揺られていたのだった。


「魔王ルキエ・エヴァーガルドさま。ご入来！」

魔王城の玉座の間に声が響いた。

城に着いてすぐ、俺はここに案内された。魔王に謁見するためだ。

魔王は、自分の領土にやってきた人間を、直々に検分するらしい。

緊張するけど……すぐ側《そば》にはメイベルがいてくれる。彼女は俺の後ろで、俺と同じように床に膝《ひざ》をついている。視線を向けると、「私がついてます」って手を振ってくれる。いい人だ。


「貴公が、帝国からの客人か」


やがて、玉座の間に、仮面をかぶった人物が現れた。

身長は――よくわからない。俺よりは高いと思う。

魔王は金糸をあしらった黒いローブをまとい、顔の上半分を覆う銀色の仮面をつけている。だから表情はわからない。わかるのは金色の髪の、おそらくは女性ということだけだ。

耳の後ろからは二本の角が伸びている。

角は高位魔族の特徴で、大きいほど大量の魔力を扱えるとされている。俺には一般的な角の大きさがわからないから判断はできないけれど。

それでも魔王というからには、強力な闇《やみ》の魔術の使い手なのは間違いないだろう。

『闇の魔力』は無や空白を操り、物質を消し去ることができる。

その魔力が最も強いのが、魔王だ。

「余《よ》が、魔王ルキエ・エヴァーガルドである」

魔王は玉座に座り、仮面の向こうからこっちを見ていた。

「ドルガリア帝国よりの客人、トール・リーガスであるな」

「はい。魔王陛下」

「単刀直入に訊《たず》ねる。お主はなにができる？」

あいさつもそこそこに、魔王が聞いてくる。

「我が魔王領がドルガリア帝国から客人を迎え入れるのは、人の世界の知識や技術を得るためじゃ。帝国より派遣されてきたのであれば、お主もなにか知識や技術を持っているのであろう？」

「錬金術を少々」

ここに来るまでに考えていた。

人質じゃなくて客人として扱われるなら、交渉をしてみようって。

魔王領が俺に仕事をさせようとしているなら、錬金術師として雇ってもらえるかもしれない。

「……ほほぅ。面白いな」

「魔王領にはない技術ですな」

魔王はため息をつき、その側近は声をあげた。

側近は玉座の横にいる青い髪の男性だ。この国の宰相らしい。

「なるほど、帝国には、他国に送り出せるほど錬金術師が余っていると。恐るべき国ですな」

違います。錬金術師が不要物扱いされてるだけです。

──と、思わず反論しそうになったけど、黙ってた。

「ではトール・リーガスよ。お主の作業場を用意しよう。そこで自由に腕を振るうがいい。錬金術の作業をするのに、なにか必要なものはあるか？」

「錬金術師として雇っていただけるのですか？」

「無論じゃ」

魔王はうなずいた。

……信じられない。

魔王ルキエ・エヴァーガルドは俺の話を聞き、提案を受け入れてくれた。

しかも、錬金術の仕事に必要なものを用意するって……そんなこと言われたのは初めてだ。

「では、作業場──工房に近いところに部屋をいただけると助かります」

少し考えてから、俺は答えていた。

魔王の言葉を聞いた瞬間に、やりたいこと、必要なものが次々と浮かんできたからだ。

俺の言葉を聞いた魔王ルキエ・エヴァーガルドは──

「わかった。用意するとしよう」

――あっさりと、うなずいてくれた。

「他にはなにか、必要なものがあるのじゃろうか？」

「錬金術には機材も必要となります」

「必要なものをリストにして提出するがいい。他には？」

「加工するための素材をいただければ。具体的には金属の塊や、使わなくなった剣や鎧《よろい》です。そういうものはいただけるのでしょうか？」

「ケルヴよ。心当たりはあるか？」

魔王ルキエが、宰相の方を見た。

ケルヴと呼ばれた宰相はうなずいて、

「すぐに用意します。その間、トールどのには別室で待っていただきましょう」

「魔王領の誇りにかけて、良いものを用意するのじゃぞ」

「承知いたしました。陛下」

「ということじゃ、トール・リーガスよ」

魔王はまた、俺の方を向いて、

「必要なものは用意する。お主は錬金術師としての能力を活《い》かして、好きなものを作るがよい。出来上がったものがよいものであれば、我々が買い上げる。有用なものであれば、魔王領の民のために量産するのもよかろう。それでよいか？」

「願ってもないことです。ですが……質問があります」

「なんだ？」

「どうしてそこまでしていただけるのですか？」

厚遇すぎた。

工房と部屋はともかく、必要なものをリストにして提出するように……って。しかも、素材まで用意してくれるなんて。

俺は、自分の提案がすべて通るなんて、思ってなかったのに。

「魔王陛下のご厚意には感謝します。けれど、俺は帝国から来た、よそものです。陛下にそこまでしていただける理由がわかりません」

「我々が人間の世界から学ぶためじゃ」

「学ぶため？」

「魔族はかつて人間の知恵と、異世界から来た勇者に敗れた。それはお主も知っておるな？」

知ってる。

それは今から数百年前、人間と魔族が争っていた時代のことだ。


当時の人間は、強力な魔族に立ち向かうために、異世界から勇者を召喚した。

勇者は強力なスキルを使いこなし、人間のために戦った。

異世界から来た勇者たちはみんな、怖いくらいに『最強』を目指していた。

自分たちから進んで魔獣と戦い、スキルやレベルを上げていた。

彼らの、強さへのこだわりは、やがてこの世界の人間にも伝染した。

帝国が『力こそすべて』になってしまったのも、勇者の影響だ。

最終的に勇者は魔王に勝利した。

魔族と亜人たちは、北の地に追放された。

そうして世界は、現在の姿になったんだ。

その後、勇者は満足して元の世界に帰っていったらしい。


今はもう、勇者召喚は行われていない。

だが、勇者が残した知識やアイテムは残っている。

現在使われている距離や時間の単位なども、異世界の勇者が伝えたものだ。


「けれど……それはもう200年くらい前の話では……？」

「どれほど過去であろうと関係ない。魔族は人間に敗れた。それは認めざるを得ぬ。だから我々はその経験から学ぶことにしたのじゃ」

魔王は仮面に触れながら、つぶやいた。

「もはや魔族は、人間と争うつもりはない。だが、人間に学ぶことは続けなければならぬ。さもなければ、あの戦で死んだ者たちは無駄死にということになってしまう。それに、いずれまた異世界から勇者が来るかもしれぬ。そのときまでに学び、成長しておかなければ……我々は今度こそ滅ぼされる可能性もあるのだ」

俺がメイベルと宰相を見ると、ふたりはうなずきながら、話を聞いていた。

本当にこれが魔王領の方針らしい。

「我々が帝国から客人を招いているのはそのためじゃ。人を招き、交流し、最新の知識を得る。そうしなければいつまで経《た》っても、我々は帝国に追いつけぬのじゃからな」

「俺を厚遇してくださるのもそのためですか」

「うむ。お主の力が活かせるようにするのは、魔王領のためじゃよ」

魔王はうなずいた。

「また、人材をその能力が発揮できる場所に配置するのは、魔王領の方針でもあるのじゃ。魔王領は帝国と比べて人口が少ない。向いていない仕事をさせる余裕などない。そういうものは、人口の多い国のみができる贅沢《ぜいたく》じゃよ」

魔王の話はわかった。

帝国から客人を招くのは、人の世界の技術や知識を得るため。

俺に工房や素材を用意するのは、能力を十分に発揮できるようにするため。

そうして作り上げたものは魔王領の財産になるし、魔王領は錬金術でなにができるか知ることができる、ということか。

……まずいな。わくわくしてきた。

工房と、自由に使える素材――それは帝国では、絶対に得られなかったものだ。

あの国では、俺は錬金術師を名乗ることも許されなかった。できたのは、ときどき役所に運ばれてくるマジックアイテムを補修や修理することだけ。自分がいる宿舎を修繕することさえ、他人の許可が必要だった。

目指していたのは錬金術の工房を開くことだったけれど、それも遠い夢だった。

でも、魔王領では国の王様が、俺を錬金術師だと認めてくれる。

工房と、錬金術の素材まで用意してくれる。

俺はここで自由に腕を振るい、好きなものを作り出すことができるんだ。

——だったら、やってやろうじゃないか。

この場所で『創造錬金術《オーバー・アルケミー》』スキルを極めて、すごいアイテムを作ろう。

「これが魔王領の方針じゃ。錬金術師トール・リーガスよ。そなたの力を貸してくれるか？」

「はい……微力ながら、力を尽くしたいと考えています」

思わず、俺は答えていた。

魔王領の方針が気に入ったからだ。

この魔王領は勇者と人間に敗れた経験から、自分たちに足りないものがあると考えて『人間から学ぶ』という方針を採っている。

『自分たちは魔王に勝った。だから自分たちは正しい。強さがすべてだ』という帝国とは真逆だ。

俺は、魔王領のスタンスの方が好きだ。

だから、俺は魔王に雇われた錬金術師として、魔王領に協力しよう。

「魔王陛下のご厚意に感謝いたします」

俺は貴族としての正式な礼をした。

「まずは俺の錬金術でなにができるかをお見せしたく思います。それをもちまして、陛下より頂戴するものへの返礼とさせていただきましょう」

「うむ。頼むぞ。トール・リーガスよ」

魔王は満足そうな声とともに、うなずいた。

それから、宰相が前に進み出て、

「では、トールどの、長旅でお疲れでしょう。メイベルは、トールどのを控え室に案内するように。部屋の用意ができ次第、案内させます」

「そうじゃな。長旅、ご苦労であった。しばし休むがいい。トール・リーガスよ」

その言葉をもって、謁見《えつけん》は終わりとなった。

俺はメイベルに案内されて、玉座の間をあとにしたのだった。

第5話「魔王ルキエ、トールの扱いについて考える」

――トールが立ち去ったあとの玉座の間では――


玉座の間には、魔王領の主立った者が集められていた。

魔王の近衛《このえ》であるミノタウロス部隊の長。

強力な魔術を操り、帝国の宮廷魔術師からも恐れられる、エルフの魔術部隊長。

硬い鱗《うろこ》と、騎兵ほどの移動速度を持つ、リザードマンの突撃部隊長。

魔王城で働く文官、武官たち。その部隊長。

彼らは玉座の間の前でひざまずいていた。

「皆に集まってもらったのは他でもない。帝国よりの客人、トール・リーガスのことじゃ」

魔王は言った。

「わかっておると思うが、念のために告げる。あの者に危害を加えること、まかりならん」

「「ははっ‼」」

魔王の宣言に、文官・武官たちが一斉に頭を下げる。

「我らが誇り高き民であることを忘れるな。トール・リーガスには敬意を持って接するのじゃ。彼と話し、人間の世界のことを学ぶようにせよ。部下たちにもそう伝えるように」

「……恐れながら申し上げます」

不意に、エルフの魔術部隊長が顔を上げた。

「危害を加えぬことについては異論はございません。されど、帝国の客人から学ぶことなどあるのでしょうか？」

「……ま、まて」

「……控えるノダ！」

ミノタウロスとリザードマンが声をあげる。

玉座の魔王ルキエと、隣に控える宰相ケルヴは表情を変えない。

それに気をよくしたのか、エルフの部隊長は続ける。

「むしろ帝国の客人に、魔王領の力を思い知らせるべきかと存じます。まずは『火炎巨人《イフリート》』の子孫が率いる部隊を彼に見せ、魔王領恐るべしと知らしめるのはいかがでしょうか」

「……ほぅ」

玉座の魔王ルキエが、長い息を吐いた。

それだけで、エルフの部隊長が怯《おび》えた顔になる。

「も、申し訳ございません！　陛下のご意向に逆らうつもりは――」

「よい。お主の言葉も、ひとつの意見じゃ」

「……ははっ」

「魔王領恐るべし……か。確かに、そう思わせることも必要じゃろう。機を見て、トール・リーガスに魔王領の武力と、魔術の力を見せつけるのも悪くない。よい提案じゃ」

「あ、ありがたきお言葉」

「だが……」

仮面の奥で、魔王ルキエの目が光を帯びた。

直後、

「帝国をあなどるような言葉は看過できぬ！　我らの祖先が『人間、恐るるに足らず』と油断したために、魔族と亜人が滅びかけたのを忘れたか‼」

「も、申し訳ありません‼」

「確かに個々の力を見れば、魔族や亜人は人間よりも強い！　じゃが、人間は数が多い。まれに我ら以上の力を持つ者もおる。それに……今の帝国の勢いを見よ。あの国は着実に領土を広げ、勢力を伸ばしておる。それを知りながらどうして『帝国の客人から学ぶことはない』などと言える⁉」

魔王の一喝が、玉座の間に響き渡った。

その怒りを前に、エルフの魔術部隊長は床に額をたたきつける。他の者たちも、深々と頭を下げる。魔王の側近である宰相ケルヴも、こわばった表情だ。

彼らは魔王ルキエ・エヴァーガルドが生まれついての王であることを思い知らされていた。

そして、ここにいる者は全員、魔王領の歴史を知っている。

異世界から召喚された勇者によって、魔族と亜人が滅ぼされかけたことも。

かつての魔族と人間との戦いは、小競り合いから始まった。

お互いが領土を広げていく中で起きた、ほんのささいな事故だった。

だが、「人間は弱い」と考えていた魔族は、引くことを知らなかった。

結果、魔族と人間の全面的な争いになってしまったのだ。

その結果、魔族と亜人は敗北した。

数に勝る人間の技術力と、異世界から召喚された勇者の力によって、滅びかけた。

人間と不戦協定を結び、北の地を領土とするようになってからも、歴史のことは忘れていない。


人間やべぇ。

人間をなめるな。

人間を敵に回すな。


それが代々伝わる、魔王領の基本理念《モットー》だった。


「錬金術師トール・リーガスは、余の賓客である」

ひざまずく者たちを見回し、魔王ルキエは言った。

「あの者は、余の直属の錬金術師とする。彼が作ったものは余とケルヴが鑑定し、問題ないようなら、魔王領の皆にも使わせるとしよう。そうすることで我らは帝国の文化と技術を学ぶのじゃ」

「「「ははっ‼」」」

「無論、こちらが知識や技術を得るからには、トール・リーガスにもそれなりの環境を与えねばならぬ。一方的に搾取するのは、魔王領のやり方ではない」

魔王ルキエは赤く光る眼光で、配下の者たちを見た。

「ゆえに、再度告げる。あの者に危害を加えること、まかりならん。トール・リーガスは魔王領の賓客である。配下の者たちにそれを徹底させよ。異論はあるか」

「「「ございません‼」」」

身長2メートルを超える、屈強なるミノタウロス。

大魔術を操る老エルフ。

矢を弾《はじ》く鱗を持つリザードマン。

その他、居並ぶ武官、文官たちが、一斉に平伏する。

玉座についた魔王ルキエ・エヴァーガルドの迫力は、彼らを恐れさせるのに十分だった。

そして、魔王の命令は筋が通っている。

彼らがそれに異を唱えるなど、できるわけがなかった。

「魔王陛下のご命令は、皆の身にしみたと存じます」

宰相ケルヴは言った。

「ただ、トール・リーガスどのは帝国民です。警戒をおこたるべきではないかと」

「ケルヴの言は正しい。ならば、どうするべきじゃろうな?」

「トール・リーガスどのの身の回りの世話をする者を用意いたしましょう。彼が魔王領の意に反することをした場合、すぐに報告できるようにいたします」

「よかろう。では——」

「担当は、メイベル・リフレインがよろしいでしょう」

宰相ケルヴは玉座の魔王を見上げて、告げた。

「彼女は自ら、トール・リーガスどのを出迎える役を買って出ております。トール・リーガスどのも、彼女とは気が合う様子。メイベルなら監視役と世話役を兼ねるのにちょうどよいかと」

「メイベルが抜けても、メイドたちの仕事に支障はないのか？」

「多少はあります。彼女は幼いころから魔王城におり、皆の信頼も厚いですからね」

「メイドは魔王城内の維持管理、および連絡役を担当しておる。メイベルはその中でも上位にいるはずじゃ。その穴埋めは可能か？」

「人員を多めに補充すれば問題ないでしょう」

「よかろう。ただし、メイベル自身が世話役になることを望むのならな」

「望まない仕事を強いて人材を無駄にするのは、魔王領のやり方ではないと承知しております」

「ならばよい」

魔王ルキエ・エヴァーガルドはうなずいた。

「話は終わりじゃ。皆の者、ご苦労だった」

魔王の言葉を聞いて、配下の者たちが退出していく。

不満を漏らす者はいない。


『人間に学び、住民には適材適所で仕事をしてもらい、人材を活《い》かすことで国を富ませる』

魔王が打ち立てたその方針に、皆、納得しているからだ。

「ではケルヴよ、控えの間よりメイベルを呼ぶがいい。トール・リーガスには茶と菓子を出し、待たせておくように」

「承知いたしました」

「他の者はさがるがよい。皆、ご苦労じゃった」

魔王ルキエの言葉を聞き、宰相ケルヴ、ミノタウロスとエルフとリザードマンの代表者が、玉座の間から退出していく。

「さて、あの錬金術師を、どこまで信じてよいものじゃろうかな」

残された魔王ルキエはため息をついた。

「いずれにせよ、すぐに立ち去ってもらっては困る。人の世界の知識と技術……より多くを魔王領にもたらしてもらう。帝国の錬金術師とやらの技、見せてもらおう」

そんなことを口にしながら、魔王は仮面の下で笑みを浮かべたのだった。


その後、玉座の間にメイベルが呼ばれ、再度打ち合わせが行われることとなった。

「メイベル・リフレイン。あなたにトール・リーガスの監視役と世話役を命じます」

「はい。よろこんで」

宰相ケルヴの言葉に、メイベルは迷わず一礼した。

「私にそのお役目をくださったことに感謝いたします。陛下」

予想外の反応に、宰相は首をかしげる。

「どうしてうれしそうなのですか、メイベル」

「私には、トールさまはとてもいい方のように思えるのです」

メイベルは胸を押さえて、穏やかな笑みを浮かべていた。

彼女の胸で光るペンダントを見て、宰相ケルヴは、

「そういえばメイベルは、トールどのにペンダントを修復してもらったのでしたね」

「はい。出会ったあと、すぐに」

「見せてもらっても構いませんか？」

「どうぞ。宰相さま」

メイベルは首の後ろに手を回し、青いペンダントを外した。

それを大事そうに両手に載せて、宰相ケルヴへと手渡す。

ふたりのやりとりを見ていた魔王は──

「メイベルに訊《たず》ねる。お主が持つ『水霊石のペンダント』には魔法銀《ミスリル》が使われているのだったな」

「その通りです。陛下」

「そしてトール・リーガスは、素材なしで魔法銀《ミスリル》を生成したと？」

「間違いありません。私は、それをすぐ近くで見ていましたから」

「事実かどうかは、鑑定してみればわかることです」

宰相ケルヴが、『水霊石のペンダント』に手をかざし、目を閉じる。

「――『鑑定』」

宰相ケルヴはスキルを起動し、すぐに目を見開いた。

「メイベル！」

「は、はい」

「このペンダントはあなたの母の形見でしたね」

「そうです。我が家に代々受け継がれてきたもので……でも、能力はすでに失われているはずです。中の魔石が傷ついてしまっていますから……」

「直っていますよ」

宰相がペンダントに魔力を込めると、周囲に霧が生まれた。

「『水霊石のペンダント』は、魔王領の技術では修復できなかったものです。それを、トールどのは直してしまったようですね」

「……信じられません」

「事実です。そして、彼がここに来た意味を考えなくては」

宰相ケルヴは魔王を見た。

「トール・リーガスが来たことにはふたつの意味があります。ひとつは、マジックアイテムを一瞬で修復できる錬金術師が存在すること。ふたつ、帝国には、そのレベルの錬金術師が多く存在するであろうこと」

「わかっておる」

玉座で、魔王ルキエがうなずいた。

「そうでなければ、帝国があれほどの人間を手放すはずがなかろう」

「となると、帝国が彼を送り込んできたのには、こちらへの脅しの意味もあるかもしれません」

「トール・リーガスほどの錬金術師が、帝国には山のようにいる。抵抗は無意味、と？」

「御意」

宰相ケルヴは答え、少し考えてから、

「帝国が愚かで、彼の能力を理解できなかったということは……」

「あり得ぬ。人間をなめるな」

「はっ。申し訳ありません。陛下」

魔王ルキエはつい先刻、配下の者たちに言ったばかりだ。『人間をなめるな』と。

帝国がトール・リーガスの能力を知らなかったなどということはあり得ない。

「これまで通り、帝国に対しては警戒を続けることとします」

「頼む。それで、あの者に与える工房と部屋についてじゃが」

「3階にちょうど空き部屋がございます。そこを使っていただきましょう。二間続きの部屋ですので、片方を錬金術の工房にできるかと」

「そういえば……あったな。部屋と倉庫が並んでおる場所が。倉庫の方は、数代前の魔王が使っておった、ガラクタ置き場のはずじゃが」

「そこならば、使えそうなものもありましょう。当時の魔王陛下は錆《さ》びた剣や、壊れた鎧《よろい》や盾、我々には読めない書物などを集めていらっしゃいましたから」

「あの方はガラクタ集めが趣味だったからな……じゃが、ガラクタの山が使い物になるのか？」

「それは錬金術師どのご本人に判断していただくのがよろしいかと」

「武器になりそうなものはなかろうな？」

「ご安心ください。あそこにあるのは勇者がいた時代の道具や本などです。武器になりそうなものはないはずです」

「錬金術で武器を作るのも可能なはずじゃが」

「城の中で武器を作って振り回すほど、彼も愚かではないでしょう」

「同意する。だが、やはり監視は必要じゃろう」

魔王ルキエはうなずいた。

それから魔王は仮面に覆われた顔を、メイベルの方に向けて、

「というわけじゃ、やってくれるな。メイベルよ」

「もちろんです。陛下。ただ――」

「ただ、なんじゃ？」

「トールさまが私たちに危害を加えることは、ありえないと思います」

「なぜじゃ？」

「私はこのペンダントを通して……あの方の優しさに触れたような気がするのです」

「そなたはトール・リーガスと出会ったばかりなのだろう？　なのに彼を本気で信頼しているように見えるのじゃが……？」

「私はあの方をお迎えにあがったとき、帝国の兵士たちが怯《おび》えているのを見ました。けれど、トールさまは礼儀正しくしてくださいました。まったく恐れる様子もなく、目を輝かせていらっしゃい

ました。まるで……好奇心でいっぱいの子どものように」

メイベルは穏やかな笑みを浮かべた。

「私はそんなトールさまを、とても好ましく思ったのです」

「直感のようなものか?」

「はい」

「……そういえば、メイベルは昔から勘が鋭かったな」

「かくれんぼが得意でした」

「それは思い知らされておる——いや、今はその話はよいな」

魔王は苦笑いして、首を横に振る。

メイベルは床に膝《ひざ》をついたまま、頭を下げて、

「もちろん、魔王さまの直属として、陛下への忠誠はゆるぎません」

「……うむ」

「ただ、私はトールさまが魔王領を、良い方に変えてくださるような気がするのです」

そう言って、祈るように手を合わせ——

「それを見届ける機会をいただいたことに感謝いたします。ありがとうございます。陛下」

メイベルは、幸せそうな笑みを浮かべたのだった。

「お待たせいたしました。トールさま」

玉座の間での話を終えて、メイベルは控えの間へと戻ってきた。

「これからトールさまを、お部屋へとご案内いたします。こちらへ」

「ありがとうございます。メイベルさん」

トールはメイベルの方を見て、頭を下げた。

メイベルが魔王ルキエと話をしている間、トールはおとなしく待っていた──わけではなかった。

用意しておいたお茶や焼き菓子には、手がつけられた様子がない。

トールは部屋の中を歩き回り、肖像画や、魔王領の旗、飾り物の槍《やり》などを見ていた。

宝物を見つけた子どものように、ひとつひとつを真剣な目で見つめている。

「なにか、気になるものがありましたか？　トールさま」

「そうですね。気になるものしかないですね」

トールは目を輝かせてうなずいた。

「この絵に使われている顔料とか、旗に使われている素材や、旗の紋章の意味が気になります。壁にかけられている槍はずいぶんと重い物のようですけど、誰《だれ》が使うものでしょうか」

「それは初代魔王さまの時代に『火炎巨人《イフリート》』の一族が使っていたものと言われています」

「『火炎巨人《イフリート》』というと、炎を扱う種族ですね」

「彼らの中でも巨体を持つ者がそれをふるっていたそうです」

「詳しく聞かせてもらえますか？」

目を輝かせてメイベルを見るトール。

その表情には、物怖《ものお》じしたところはまったくない。

さっきもそう思ったけれど、彼には魔族や亜人を警戒する気持ちは、まったくないようだ。

「お話をする時間はいくらでもございます。まずは、お部屋にご案内させてください」

メイベルは緩みそうになる表情を引き締めながら、そう言った。

「トールさまは、魔王城にいらっしゃったばかりです。焦ることはございませんよ」

「そうですね……」

素直にうなずくトール。

不思議な人だと、メイベルは思う。

この人は帝国の人間で、ここは魔族と亜人が住まう魔王領だ。彼と同じ人間はひとりもいない。

緊張したり、恐れたりしてもいいはずなのに、それもない。

むしろ、これから起こることにワクワクしているように見える。

（……人間がこのような方ばかりなら、争いなどは起こらないのでしょうね）

そんなことを思いながら、メイベルはトールを連れて部屋を出た。

「宰相閣下の指示デス。護衛シマス」

廊下では、リザードマンの衛兵が待っていた。

護衛する相手はトールか、それともメイベルか。たぶん後者だ。

衛兵は武器を持っていない。そんなものがなくても、リザードマンの爪は、簡単にトールを無力化することができる。

トールを警戒するにしてもあからさますぎる。

こんなことをされたら、トールも気を悪くして――

「はい。よろしくお願いします」

――なかった。

トールはリザードマンの衛兵を見て、一礼。

それから顔を上げて、兵士をじっと見つめる。

「……ナニカ？」

「いえ、失礼しました」

トールは会釈して、メイベルの方を向いた。

メイベルが歩き出すと、その隣をついてくる。リザードマンの衛兵は後方だ。

「やはり……俺はまだ知らないことばっかりだな」

歩きながら、トールはなにか考え込んでいるようだった。

「どうかなさったのですか？　トールさま」

「いえ、リザードマンの方《かた》を初めて見たもので」

「……リザードマンの方」

そんな言い方をする人間は初めてだ。

普通の人間は、リザードマンを『トカゲ人間』や『爬虫類《はちゅうるい》野郎』と呼ぶそうだ。

帝国に使いに行った者の報告書や、前回の使者の記録にはそう書かれていた。だからメイベルが
トールの出迎えを申し出たとき、期待が8割、怖さが2割だったのだけど。

「だから、びっくりしたんです」

「そうですね。あの方々は力がありますし、動きも速いですから。鱗《うろこ》によって強力な防御力も備えていらっしゃいます。人間の方からすると、おどろくのも無理は――」

「いえ、服を着替えるとき、鱗が布に引っかかるんじゃないかと」

トールは真面目《まじめ》な顔で、うなずいた。

「となると錬金術師の俺は、鱗が引っかからないような、滑らかな布を開発するべきですよね？」

「……え」

メイベルは、ぽかん、と口を開けた。

ふたりの話が聞こえたのだろう。後ろにいるリザードマンの衛兵も、金色の目を見開いている。

「トールさまは、そのようなことを考えていらっしゃったのですか？」

「え？　だって俺は魔王陛下に、錬金術師として雇われたんですよね？」

むしろ不思議そうに、トールはメイベルに聞き返す。

「……あの、トールさま」

「だったら、魔王城の人たちの問題を解決するためにスキルを使うべきですよね？」

「はい。メイベルさん」

「ここは、魔王城ですよ？」

「知ってます。俺は魔王領のひとじ……いえ、客人ですから」

「トールさまは人間ですよね？」

「はい」

「私たちは、魔族や亜人ですよ？」

「そうですね。さまざまな種族の方がいますね」

「ですから、人間であるトールさまから見ると――」

「いろんな種族の人たちが、どんなふうに暮らしているのか、すごく興味があります」

トールは、当たり前のような顔で言った。

「俺は仕事をくださった魔王陛下に感謝してます。だから、雇ってもらった恩返しをしたいんです」

「……トールさま」

「魔王領には魔族の方や亜人の方……多様な種族の方が暮らしていますよね？　となると、種族ごとに色々な問題があると思うんです。俺はそれを解決することで技術を磨いて、いつか、世界を変えるほどのアイテムを作ることが夢なんです」

そう言って、トールは照れたように、笑った。

「もちろん、俺をここに連れてきてくれたメイベルさんにも感謝してますよ」

「は……はい」

トールは嘘《うそ》を言っていない。そのキラキラした目を見ればわかる。

この人には種族の違いなんて関係ない。

錬金術師として、魔族や亜人の問題を解決しようとしている。

（……すごい人です。トールさま）

たぶん、メイベルには、トールが考えていることの半分も理解できていない。

けれど、彼が魔王領でなにをするのか、見てみたい。

というか、リザードマンを見て『着替えるときに鱗が引っかからないか』気にしてくれる人間なんて、トールくらいだ。この方はすごく優しい。それがわかる。

わかるから――側《そば》にいたいと思う。胸の高鳴りが止まらない。

だから、メイベルは――

「わかりました。トールさま」

胸に手を当てて、深々と頭を下げていた。

「このメイベル・リフレインが、トールさまのお手伝いをいたします」

不思議なほど、足取りが軽い。

自分はもしかしたら、魔王領の歴史を変える人のお世話役をすることになったのかもしれない。

胸が高鳴っているのは、そのためだ。

後ろにいるリザードマンの兵士も同じだろう。

彼も服のお腹《なか》のあたりを引っ張って、鱗の引っかかりを確かめている。

トールがリザードマンの種族的な悩みに気づいたことにびっくりしているようだ。

本当にすごい錬金術師なのだ。トール・リーガスという人は。

「それでは、トールさまのお部屋にご案内いたしますね」

そんなことを考えながら、メイベルはトールを部屋へと案内するのだった。

第6話「異世界の本を見つける」

――トール視点――


「おおおおおおおおおっ！　す、すごい……」

部屋に入った瞬間、変な声が出た。

俺がいるのは、魔王城の倉庫だ。

石造りの部屋で、ちょっとした広間くらいのサイズがある。

そして――床には無数のアイテムが積み上げられている。まったく整理がされていない。

剣の鞘《さや》だけが転がってると思えば、隣にはつなぎ目が壊れた鎧《よろい》。ゆがんだ盾。農作業の道具なんかもある。

ホウキとバケツと金属製の桶《おけ》は、掃除用だろう。

ホコリは積もってない。誰かがまめに掃除してるのかもしれない。

でも、それならせめて本くらいは分類しておけばいいのに……と思ったら、本に書かれているのはこの世界の文字じゃなかった。文字や絵が精巧すぎる。こんなの、この世界の技術じゃ無理だ。

内容がわからないから、放置しておくしかなかったんだな……。

これはおそらく、異世界から来た勇者たちが残した本だ。

「すごい……魔王城……すごい」

俺にとっては宝の山だ。

帝国には、勇者召喚が行われていた時代のものは、ほとんど残っていない。

勇者の召喚儀式も行われなくなった。

聞いた話によると、召喚の儀式を行っても勇者が来なくなったそうだ。理由はわからない。平和になったから、儀式も意味をなくしたのかもしれない。

「いや、帝国の事情はどうでもいい。今は倉庫を調べるのが先だ」

魔王は、親切心で部屋をくれたわけじゃない。

これは、俺が魔王領の役に立つことを見越しての先行投資みたいなものだ。期待に応《こた》えられなければ取り上げられるだろう。

そうならないためには、魔王や、魔王領の住人が喜ぶものを作る必要がある。

「なにがいいかなー。実用品がいいかなー」

わくわくするなー。

倉庫には色々なものがある。盾や鎧の他にも、誰《だれ》が使っていたのかわからないコートやブーツもある。どれも素材として使えそうだ。

本は今のところ、使えない。

異世界の言葉を読むことはできないから——って、あれ？

「……『通販カタログ』？　この本の名前か？」

普通に読めた。

俺が手にしたのは、つるつるした材質でできた本だ。

古いものだけど、保存状態はいい。この部屋は陽《ひ》の光も入らないし、まめに掃除されている。劣化していないのはそのせいか。あるいは異世界のアイテムだから、耐久性が高いのかもしれない。

『通販カタログ』はすべてのページに色がついている。

描かれているのは、実物と見まちがえそうなほど精巧な図だ。異世界人はこれを『写真』と呼んでいたっけ。

その『写真』が全ページにあって、色々なアイテムが紹介されている。

「でも……どうして異世界の文字が読めるんだろう？」

もしかして、『創造錬金術《オーバー・アルケミー》』の『鑑定把握』の力だろうか？

あのスキルはアイテムの能力を読み取ることができる。その関係で、異世界の文字が読めるようになったのかもしれない。

そんなことを考えながら、俺は本のページをめくっていく。

この通販カタログは『他にはないお得商品』を集めたもので、お届け先は『ニホン国内限定』らしい。『ニホン』は勇者が召喚される前に住んでいた国のひとつだ。あの勇者たちは『チキュウ』という世界の、さまざまな国から召喚されていたから。

ということは、これは間違いなく勇者がいた世界の本ということになる。

「……すごい。まさか魔王領にこんなものがあるなんて」

『通販カタログ』を読み進めていくと――最初の方に『健康グッズ』というものが載っていた。

異世界の回復アイテムらしい。

目の疲れを取るもの。肩こりを取るもの。ぐっすり眠るためのもの。色々ある。

「もしかして……異世界の勇者が強かった理由って、これか？」

おそらく、彼らはこういうアイテムで回復力を高めていたのだろう。

アイテムの横には『1日2分で視力が20倍（0・1が2・0に）』とか『2時間の睡眠で10時間分の回復効果』なんてことが書かれている。

勇者がこういうアイテムで能力をブーストしていたなら、強いのも当たり前だ。

「俺にも、同じものが作れるかな」

『創造錬金術《オーバー・アルケミー》』スキルに問いかけると、答えが返ってくる。


『できる』――と。


全く同じものは無理かもしれない。

でも、似た能力を持つものなら、作れそうな気がする。

だったら、やってみよう。

異世界勇者たちは規格外の能力を持っていた。それは超絶剣術や超極大魔術で――当時の魔王軍を圧倒するほどだった。

その勇者がいた世界のアイテムなら、きっとすごい能力を持っているはず。

俺は、そこから学ぼう。

勇者世界のアイテムをコピーすれば、勇者世界の技術を理解することができるはず。

その技術を活《い》かして、今度は自由に好きなものを作ろう。そうして、魔王陛下やメイベルたちにも使ってもらおう。

魔王領は帝国に学ぶって言ってるけど、その帝国の礎を作ったのは異世界の勇者だからな。

勇者世界のアイテムを使うことは、帝国に学ぶのにも繋《つな》がる。

俺は楽しい。魔王領は学べる。まさにウィンウィンの関係だ。

よし。この『通販カタログ』を参考に、これからどんどんアイテム作りを――


「……トールさま？」

「――――!?」


心臓が止まるかと思った。

振り返るとドアのところに、メイベルが立っていた。

「お、おどろかせてしまい申し訳ありません。お茶をお持ちしたのですが……お返事がないので」

「い、いえ、気にしないでください」

「ずいぶん集中していらっしゃったようですが、なにをごらんになっていたのですか？」

「異世界の本です」

俺は『通販カタログ』を広げてみせた。

メイベルは本を手に取り、しばらく眺めていたけれど――

「申し訳ありません。私にはなにが書いてあるのかわかりません」

「……ですよね」

「この倉庫には、たまにこういうものが落ちているんです。数代前の魔王さまは、使えるかどうかは関係なく、気になるものはなんでも集めていらっしゃったので」

数代前の魔王は人間から学ぶために、さまざまなものを集めていた。

ここにあるのは魔族が勇者と戦ったときに、拾ったりもらったりしたのを、独自のつてで集めたものらしい。

異世界の勇者は『俺、超すげー』と威張るくせがあって、自慢げに自分の世界の本なんかを渡したりしていたそうだ。

「その魔王さまは、いつか役に立つかもしれないと考えて、手に入れたものをすべてこの倉庫に押し込めていたそうです。遺言でも『いつか使うかもしれないから取っておくように』とおっしゃっていたもので、そのまま」

「部屋が片付かない人のセリフですね」

「それはともかく、よろしければ一休みいたしませんか？」

メイベルはトレーを掲げてみせた。

「お茶を淹《い》れてまいりましたが、いかがでしょうか？」

「ありがとうございます。いただきます」

その後、俺とメイベルは隣の部屋に移動した。

倉庫の隣は、俺の自室になっている。

すでにお茶の準備はできていたようで、テーブルの上にはカップとお茶菓子が置かれている。

「改めて、自己紹介いたします」

メイベルは俺に向かって一礼した。

「私、メイベル・リフレインが、トールさまのお世話係としてお仕えさせていただくことになりました。これから、よろしくお願いします」

「ありがとうございます。こちらこそ、よろしくお願いします」

たぶん……半分は監視役みたいなものだろうな。

魔王はいい人だけど、帝国の錬金術師を野放しにはしないだろ。

でも、メイベルが側《そば》にいると、なんとなく落ち着く。

なぜだろうな。彼女のことは、ほとんど知らないのに。

知っているのは、メイド服がすごくよく似合うことと、魔王の玉座の間に入れる立場であること。尖《とが》った耳がきれいなこと。胸が大きいこと。

それと……よく見ると、すごく分厚い靴下を穿《は》いてること。

毛皮でできたものだ。

メイド服のスカートは短く、細い脚がむきだしになってるのに、そこだけ浮いている。

「あ、これですか?」

視線に気づいたのか、メイベルが足元を指さした。

「すいません……実は私、冷え性で」

「冷え性」

「はい。医者には、体内の魔力がうまく流れていないのだろう、って言われました」

「体内の魔力がですか？」

そういう話は聞いたことがないな。体内の魔力の流れ――つまり、魔力循環が悪いってことだよな。それで冷え性になったりすることがあるのか。原因はなんだろう。

気になるけど……理由を聞くのは失礼か。

なにか事情があるのかもしれないし――

「おそらく、私の祖母が人間だということと関係しているのだと思います」

――と、思ったら、メイベルが先に答えていた。

「……そうだったんですか」

俺が興味を持ってることを察したのかな。

生まれの事情なんて言いにくいはずなのに、気を遣わせちゃったみたいだ。

「別に秘密ではないのですよ。魔王領の者はみんな知っています」

だけど、メイベルは深刻さを振り払うように、笑ってみせた。

いい人だった。

それにしても……すごいな、魔王領は。

俺以外にも、他国から来た人間を普通に受け入れてきたのか。その子孫はメイベルで、こうして魔王城で仕事を見つけて、その能力を活かしてる。

魔王ルキエが言っていた『適材適所』という言葉の通りに。

「もしかして、メイベルさんが俺を迎えに来てくれたのは――」

「お祖母《ばあ》さまと同じ種族の方に、興味があったのです」

メイベルはそう言って、笑った。

「でも、初めて出会った人間が、トールさまでよかったです。お祖母さまと同じ種族の方が、いい方で……すごくうれしいんです」

「えっと……どういたしまして？」

「いいえこちらこそ、ありがとうございます。トールさま」

俺たちは顔を見合わせて、笑った。

「帝国では、魔力の流れが悪くて冷え性になったりする方はいないのですか？」

「あの国の魔術師は攻撃魔術一辺倒ですからね。魔力循環のことは、あまり考えてないと思います」

帝都の魔術団に入ると、まずは火炎魔法１００連発。

その後、騎士団に続いて走り込みをやったあとで水魔法を１００連発、とか。

魔力が健康に関わるとか、そういう発想はなかった。

「私は魔力の循環がよくないせいで、魔術が使えないんです」

メイベルは、ぽつり、とつぶやいた。

「エルフは魔術が得意なはずなんですけどね……だからエルフの仲間からはじき出されて……幸い、料理や家事の才能はあったので、魔王さまに拾っていただいたんです」

「メイベルさん……苦労したんですね」

「す、すいません！　つい口が滑りました！」

慌てて口を押さえるメイベル。

「トールさまに気を遣わせるつもりはなかったのです。申し訳ありません」

メイベルはそのまま、自分の足元に手を伸ばして、

「と、とにかく、この靴下。あんまりかっこよくないですよね？　お見苦しいようでしたらおっしゃってください。脱ぎますので」

「いえ、それは構わないです。構わないですけど……」

俺は『通販カタログ』のことを思い出していた。

あの中に使えそうなものがあったはずだ。

「ちょっと実験に付き合ってもらえませんか？」

「実験に、ですか？」

「勇者世界のアイテムを使ってみて欲しいんです」

第7話「勇者の世界のアイテムを作る」

「……あった」

さっき見つけた『健康グッズ』のページに、冷え性の人のための回復アイテムが載っていた。

四角い桶《おけ》のような形をしてる。

両足を入れるスペースがあって、前の方に光る文字が表示されている。

「名前は『フットバス』か」

説明文には、こんなことが書かれている。


力強い水流と振動が、あなたの足を温めます。

全身の血流をよくして、足の冷えを解消！　全身ポカポカ！

さらに足のツボを刺激して、気の流れをよくする効果（個人差があります）も！

使ったその日から、冷え性とは無縁な快適生活をあなたに！


「さすが勇者がいた世界の本だ。説得力があるな」

「あの……トールさま。一体なにを？」

「せっかく倉庫と素材をいただいたので、このアイテムを作ることにしました」

俺はメイベルに、本のページを見せた。

「これは……足を入れる桶……でしょうか？」

「そうです。作るのを手伝ってくれますか？」

「もちろんです。なんでもおっしゃってください」

桶は掃除道具のところにあった。

金属製の大きなものだ。これなら足を揃《そろ》えて入れられる。

「じゃあ、これを洗ってきてもらえますか？」

「は、はい」

メイベルは桶を手に倉庫を出て行く。

この『通販カタログ』によると『フットバス』は桶の中でお湯を振動させるものらしい。

となると、必要なのは火の魔石と風の魔石だな。

確か倉庫のこのへんに魔石のついた盾が……あったあった。これだ。


『炎の盾』

敵の攻撃に合わせて、炎を噴き出す盾。

（内部の魔術《まじゅつ》機構《きこう》が完全にこわれているため、作動不可能）


『風の盾』

敵の矢を吹き飛ばす暴風を起こす。

（内部の魔術機構が完全にこわれているため、作動不可能）

こわれているならちょうどいい。魔石だけもらおう。

「『素材練成』起動――」

『素材練成』スキルは、物質を変化させることができる。起動した状態で盾に触れれば――

ぐにゃり。

盾がやわらかくなった。

『素材練成』は素材になるものを、自由に変化させられるみたいだ。

火の魔石のまわりをぐにぐにと変形させて、魔石を引っ張ると――外れた。

同じようにして、風の魔石も回収する。

盾本体は『フットバス』の材料にしよう。

「お待たせいたしました……って、えええええええっ⁉」

「どうしましたか、メイベルさん」

「そ、それ……倉庫にあった盾ですよね？」

「大事なものでしたか？」

「いえ……でも、どうしてやわらかくなっているのですか？」

「錬金術の効果です。触ってみますか？」

俺が差し出すと、メイベルはやわらかくなった盾に手を伸ばした。


ふにふに、ふにふに。


「な、なんでしょう、この感触。小さいころに泥遊びをしたときのような……」

「桶はきれいになりましたか？」

「は、はい」

「ピカピカですね。ありがとうございます」

必要なのはこの桶と、やわらかくなった盾、火の魔石と風の魔石だ。

これを素材にして、異世界のアイテムをコピーしよう。

「『創造錬金術《オーバー・アルケミー》』を起動。勇者世界の健康グッズ──『フットバス』を作製する」

空中に『フットバス』の形が浮かび上がった。

そこに桶と盾をはめ込むと、桶が『フットバス』のような形に変わっていく。盾は金属の素材として、桶に吸収されていく。

あとは火の魔石と、風の魔石をはめ込めばいいな。

それが動力になり、熱と振動を生み出してくれるはずだ。

俺は精神を集中して──目を閉じた。

「イメージしろ。魔石から魔力があふれ出して、水に溶けていくところを――」

勇者の世界の『フットバス』と、まったく同じものは作れない。文明のレベルが違いすぎる。

だけど、似た効果を生み出すものなら作れそうだ。

勇者世界のアイテムの原理はわからない。だったら、魔力と魔石で同じ効果を生み出そう。

力強い水流と振動が、メイベルの足を温めて、全身の血流をよくして、冷えを解消してくれるように。『足のツボ』というものを刺激して、快適にすごせるように。

俺は望む効果をイメージしながら、『フットバス』に魔石を押し込んでいく。

風の魔石は心地よい振動を、火の魔石は温かさを生み出すように――


『イメージを確認。アイテム生成可能』


目を開けると、『通販カタログ』に載っているのとそっくりな『フットバス』があった。

成功だ。

「『創造錬金術《オーバー・アルケミー》』――完了」

宣言すると、『フットバス』となった桶が、机の上に落ちてくる。

自分で作ったものだから、能力も効果もわかる。えっと――


『フットバス』（属性：火・水・風）（レア度：★★）

火の魔石によって、内部の水を温めることができる。風の魔石によって、水流と泡を作り出すことができる。

魔石は消耗品のため、定期的に交換が必要（年に1度、新品に交換してください）。

洗うときは真水で。洗剤は使用不可。

物理破壊耐性：★★★（魔法の武器でないと破壊できない）

耐用年数：25年。


「これが冷え性を解消するアイテム、『フットバス』です」

俺は『フットバス』を、メイベルに向かって差し出した。

彼女は目を見開いて、俺を見てる。

「……あの、トールさま」

「はい。メイベルさん」

「もう完成したのですか？」

「そうですね。できたようです」

「作るとおっしゃってから、10分も経《た》ってませんけど」

「材料が揃っていてよかったです」

「……帝国の錬金術師って、皆さんこんな感じなのですか？」

「錬金術師の知り合いはいないのでわかりませんが……」

父親は「調子に乗るな。お前程度のスキルの持ち主はいくらでもいる！」って言ってたけど。

でも、俺は錬金術師の工房に入れなかったから、よくわからないんだ。

「数としては結構、たくさんいるんじゃないかな？」

「たくさん……トールさまと同じ力を持つ錬金術師が、たくさん」

「俺が作ったのは、勇者の世界にあったもののコピー品です。おどろくことないですよ」

「勇者のアイテムのコピーを。こんな、短時間に……」

「……メイベルさん、顔が青いですよ？」

「い、いえ。大丈夫です」

メイベルさんは、メイド服の胸を押さえて、

「これを私に使わせてくださるのですか？」

「いえ。差し上げます」

「私に？　ゆ、勇者の世界のアイテムを⁉」

「とりあえず水場に案内してください。使い方を教えますから」

そんなわけで、俺とメイベルは、城の水場に向かうことにしたのだった。

第8話「冷え性と魔力循環を改善する」

城の水源は地下にあった。

地下にはきれいな水脈があって、そこから水をくみ上げているらしい。

「使い方を説明します」

「はい。お願いします」

「……ところで、なんでギャラリーがいるんですか？」

水場には、俺とメイベルの他に、青い髪の宰相さんがいた。

『フットバス』を持って移動していたら、廊下で出会ったんだ。

「私もあなたのアイテムを見てみたくなったのですよ」

宰相さんは、興味深そうに俺を見てる。

まぁいいか。

このアイテムは、これから魔王領で使ってもらうものだからな。見届け人は多い方がいい。

「まずは『フットバス』の中に水を入れます」

俺は地下水を汲《く》んで、『フットバス』に入れた。

次に、火の魔石に魔力を注いで、待つこと数分。

「……桶《おけ》から湯気が出てきました」

「では、メイベルさん。ここに足を入れてください」

俺は『フットバス』を階段の下に持っていく。

メイベルは階段のステップに腰掛けて、靴と、厚手の靴下を脱いだ。

細い足と爪先があらわになる。

メイベルは寒そうに足をこすり合わせていたけど、『フットバス』に足を入れて――

「……あったかいです」

「桶の前の方に風の魔石がありますから、魔力を注いでみてください。振動機能が働くはずです」

「は、はい」

メイベルは指先を『フットバス』に当てた。

次の瞬間――

しゅわわわわわわわ――――っ！
「はう、はわわわわわわわわっ⁉」

桶の中に、水流と泡が発生した。

風の魔石は『フットバス』内に細かい泡と、激しい水の流れを作り出している。

水は火の魔石によってほどよい温度に温められている。

それがメイベルの冷えた足を温め、マッサージしているんだ。

「……す……すごいです……」

「メ、メイベル？　大丈夫なのかね？」

俺の隣で宰相さんが問いかける。

「は、はい。大丈夫です」

メイベルは、とろん、とした目で、こっちを見た。

「あたたかくて、きもちよくて……身体《からだ》が、ぽかぽかしてきます。魔力が……身体の中を、ぐるぐると循環しはじめている……みたいです」

「魔力が⁉」

宰相さんが目を見開いた。

「……トールどのが作られたのは、勇者の世界の『健康グッズ』というものなのですよね？」

「そうですよ？」

「実は、魔王領の宰相は代々、勇者についての情報を口伝として受け継いでいるのです。その関係で、自分も多少、勇者についての知識があります」

「すごいですね」

「は、はい。ありがとうございます」

宰相ケルヴは軽く頭を下げて、続ける。

「それはともかく、口伝によると、勇者が『健康グッズ』というマジックアイテムを使っていた記録はありません。おそらく『健康グッズ』とは言葉の通り、身体の疲れを癒やすだけのものだと思うのですが……それがどうして、メイベルの魔力に影響を与えているのですか？」

「しょうがないじゃないですか。勇者の世界のアイテムなんですから」

「このくらいでやめておきます。これ以上は……身体がほかほかして、気持ちよすぎちゃいますか
メイベルが『フットバス』に触れると――水流が止まった。

「……は、はうぅ」

俺なんか全然、まだまだだ……。

本当に……勇者の世界はどれだけの技術を誇っていたんだろう。

俺たちが見ているのは、勇者世界のアイテムの効果なんだから。

宰相さんがびっくりするのも無理はない。

……それが異世界の『健康グッズ』で治るなんて……」

「……そんな。メイベルの魔力循環を改善することは、魔王領の治癒術師にもできなかったのに
「そうですよ。たぶん」

「そうかなぁ⁉」

「そんな勇者の世界のアイテムが、ただ『疲れを癒やすもの』のはずがないじゃないですか」

勇者たちは、それだけの力を持っていたんだ。

最終的には魔族と亜人を、魔王領へ追放した。

彼らはそのスキルを使って、魔族に押されていた人間の勢力を立て直した。

「勇者とは、強力なスキルや魔力を持つ者たちだったんですよ？」

俺は宰相ケルヴの目を見て、告げる。

「よくお考えください。宰相閣下」

「しょうがない⁉」

ら……」

「メイベル、具合はどうなのだね？」

「は、はい、ケルヴさま」

階段に座ったまま、ぱたぱたと足を揺らすメイベル。

「身体がすっきりして、魔力の流れがよくなった気がします」

「試しに魔術を使ってみたまえ」

「は、はい。風と闇《やみ》の名のもとに──『漆黒の風《ダークウインド》』‼」


ぶぉっ‼


水汲み場を、冷えた風が吹き抜けた。

あ、正面にいた宰相さんが吹き飛ばされてる。

「…………私の手から……魔術が」

メイベルは自分の手の平を見つめながら、目を見開いてる。

彼女は小声で、別の魔術を詠唱する。今度は指先から水が。次は氷が。かすかな霧が。

「……魔術が、使えました。私が、魔術を」

メイベルの目から涙がこぼれた。

「だ、大丈夫ですか？　メイベルさん」

俺が声をかけると、メイベルは泣き笑いの顔で、こっちを見た。

「魔術が使えなくて……役立たずだって……エルフの仲間に言われてた私の手から……魔術が……初めてです……」

　メイベルの声が震えてた。

　涙目だけど、すごくうれしそうだ。

「なるほど。勇者の世界の『フットバス』には、魔力の循環をよくすることで、魔術を使えるようにする効果があったんですね」

『通販カタログ』には、そんなこと書かれていなかった。

　きっと、勇者の世界にとっては当たり前のことだったんだろう。

　常識ってのは、意外と記録されないものだから。

　となると、異世界勇者は小さいころから『フットバス』で魔力循環を高めていたのかもしれない。

　それなら勇者がむちゃくちゃ強かったことにも説明がつく。

　そんなことを考えていたら──

「ありがとうございました！　トールさま！」

　いきなり、メイベルが俺を抱きしめた。

　階段に座って、『フットバス』に足を突っ込んでいたメイベルは、俺より少し高い位置にいる。

　この配置で抱きしめられると俺の顔がメイベルの胸に……あの、メイベル⁉

「私は……ずっと魔術が使えないことを悩んでたんです。村の仲間からは……『エルフなのに……魔術が使えないなんて』……って、言われていて。でも、これでもっと、魔王城の皆さんの役に立てます。魔術でみんなを助けることが……できるんです」

メイベルは涙声だった。

「トールさまは私の恩人です。この恩は必ずお返しします。なんでもおっしゃってください」

「ももごご《なんでも》⁉」

「はい。トールさまは、私に新しい可能性をくださいました。ですから──」

「メイベル。トールどのが困っていますよ？」

こほん、という咳払《せきばら》いとともに、宰相ケルヴの声がした。

慌てたように、メイベルが俺から離れる。

「も、申し訳ありません。トールさま」

「い、いえ。ありがとうございました」

「……なにがですか？」

「えっと……」

俺とメイベルは、思わず顔を見合わせる。

それから同時に、照れた顔になり──

「魔力循環だけじゃなくて、冷え性の方もよくなってますよね？」

「は、はい。もう、両脚とも、もう、ほかほかです……」

メイベルは『フットバス』から、両足を引き抜いた。

「裸足でいても、少しも寒さを感じません。冷え性は完全によくなってます……すごいです」

「よかったです」

さすがは勇者の世界のアイテムだ。

俺も、満足してる。

好きなアイテムを作って、人に使ってもらうのって、やっぱりすごくうれしいな。

「では、この『フットバス』はメイベルさんが使ってください」

「いいえ。このアイテムは陛下の管理下に置かせていただきます！」

俺の言葉を、宰相さんがさえぎった。

「でも……これはメイベルさんの冷え性を解消するために作ったんですよ？」

「もちろん、メイベルが希望した場合は、使用を許可します」

宰相ケルヴは、ひと呼吸おいてから、

「ですが、使用者の魔力を活性化させるほどのアイテムを、個人の自由にさせるわけにはいきません。よからぬ者が使った場合、魔王領のパワーバランスを乱すことになりますので」

「お話はわかりますけど……」

「『フットバス』を渡していただけますか？　トール・リーガスどの」

……仕方ない。素直に渡そう。

ここで宰相さんと言い争いになったら、困るのはメイベルだ。

それにあの『フットバス』は試作品だからな。

あとでこっそり、メイベル用に改良品を作ればいいな。

「もちろん。これは適切な価格で買わせていただきます。対価は金貨でよろしいか？　魔王領の貨幣になりますが」

「……対価。作りたいものを作っただけなのに……お金がもらえる……!?」

「トールどの？」

「い、いえ、失礼しました」

思わず感動してしまった。

帝国では錬金術スキルを使った対価は、給料に含まれてた。しかも安かった。

スキルの使い道を、自分で選ぶこともできなかった。勤めていた役所では、回ってきたアイテムを言われるままに修理するだけだったから。もちろん、手を抜いたりはしなかったけど。

でも、魔王領では違う。

作りたいものを作って、喜ばれて、報酬がもらえるんだ。すごいな……。

「宰相閣下にお願いがあります。対価をいただけるなら、次の仕事に繋《つな》がるものにできませんか？」

俺は宰相ケルヴさんに向かって告げた。

「できれば金貨ではなく……魔石をいただきたいんです」

「魔石？」

「光・闇・地・水・火・風の魔力がこもった魔石です」

魔石とは、６大属性それぞれの魔力を宿した石だ。

自然界や、魔獣の体内で見つかることが多い。

魔力を使い果たした魔石に魔力を注ぐことで、再度使用可能にすることもできる。

「トールどのは魔石でなにをするつもりなのですか？」

「なにか色々と便利なものを作ろうかと」

「魔石は、使い用によっては武器にもなるものだ。それはご存じでしょう?」

「だったら使い道を申請して、必要な分だけもらうのはどうですか?」

俺だって、魔石を武器にできることは知っている。

倉庫には魔石を利用した盾もあったからな。壊れてたけど。

でも、使い道を説明して、その上でもらうなら問題はないはずだ。

「要は『魔石使い放題プラン』にしたいんです」

「『魔石使い放題プラン』?」

「もちろん、俺が作ったものは魔王領で使ってもらいます。代わりに魔王領には魔石と素材を提供していただく。これでどうですか?」

「……トール・リーガスどの」

「なんでしょうか。宰相閣下」

「自分が作ったものを魔王領の……人ならざる者が使うことに、あなたは抵抗はないのですか」

「なんでですか?」

意味がわからない。

いくらすごいアイテムを作ったって、使ってもらわなきゃ意味がないじゃないか。

「俺は自分の好きなものを作りたいだけなんです」

俺は言った。

「作ったものは色々な人に使ってもらって、感想を聞きたいです。そうして欠点を見つけて、改善します。勇者の世界のアイテムも研究して、最終的には勇者の世界に匹敵するものを……いえ、勇者の世界を超えるものを作りたい。それだけなんです」

「……魔王さまに相談いたします」

宰相ケルヴは額を押さえて答えた。

「あなたが桁違《けたちが》いにすごい方だというのはわかりました。ですが、急ぐ必要はないのです。まずはゆっくり休んでください。あなたはまだ、魔王領に来たばかりなのだから……」

そんなことを言って、宰相ケルヴさんは立ち去ったのだった。

第9話「魔王ルキエと宰相ケルヴ、錬金術師トールについて語る」

——魔王城、玉座の間——


「メイベルが魔術を使えるようになったじゃと⁉」

魔王ルキエは叫んだ。

「しかも、トール・リーガスが作ったマジックアイテムの効果によるものじゃと⁉　それは本当なのか⁉　ケルヴよ‼」

「はい。この目で確認いたしました」

「……信じられぬ」

宰相ケルヴの答えに、魔王ルキエは目を見開いた。

「メイベルの魔力の不調については、魔王領の治癒術師に診《み》せた。じゃが、治すことはできなかった。それをあの錬金術師は、1日足らずで治してしまったというのか⁉」

「……トール・リーガスどのは、おそるべき能力の持ち主です」

宰相ケルヴの声は震えていた。

彼はメイベルが『フットバス』を使うところを見た。

その直後に彼女が発動させた魔術を、正面から受けた。

奇跡を見たと思った。

それはあまりにも衝撃的な光景だったのだ。

「メイベルが魔術を使えない理由は、体内の魔力がうまく循環していないことが原因でした」

宰相ケルヴは話し始めた。

「メイベルを診た治癒術師たちは、彼女の祖母が人間であることが原因ではないかと言っていましたが……確証はなかったですし、治療法もわからないままでした」

「それは余も知っておる」

魔王ルキエはため息をついた。

「そのせいで、メイベルはエルフの村になじめなかったのじゃからな」

「村のエルフたちは排他的ですからね」

「じゃから、彼女は魔王城で預かることにしたのじゃが」

「ですが、城の治癒術師にもメイベルの症状は治せませんでした。人間を祖母に持つメイベルは、なんらかの理由で魔力循環がうまくいかず、滞っていたからです。それが冷え性の原因でもありました。おそらくは両足にたまった水の魔力が、身体《からだ》を冷やしていたのでしょう」

「トール・リーガスは、それをどうやって治したのじゃ？」

「2種類の魔力を用いて、メイベルの魔力循環を改善したと思われます」

宰相ケルヴは、指を2本立ててみせた。

「『フットバス』には火の魔石と、風の魔石が使われていました」

「それは聞いた。火の魔石で水を温め、風の魔石で水流と泡を作り出したのじゃろう？」

「つまりトールどのは、水に『火の魔力』と『風の魔力』を溶け込ませたとも言えるのです」

「水に『火の魔力』と『風の魔力』を溶け込ませた……」

言葉の意味を理解して、魔王ルキエがおどろきに目を見開く。

「まさか、ふたつの魔力を水に溶け込ませることで、メイベルが火と風の魔力を吸収しやすいようにしたというのか⁉」

「それ以外に考えられません」

宰相ケルヴは答えた。

「メイベルは『水属性』を持つエルフです。水に溶け込んだ魔力ならば、吸収しやすいのは道理。そうすることで『熱』を意味する火の魔力と、『循環』を意味する風の魔力を大量に取り込んだメイベルは──」

「身体中に熱を循環させることになり、冷え性が治った上に、体内魔力の循環がよくなった……」

魔王ルキエは玉座に座り込んだ。

『火の魔力』は熱と炎を意味する。

その魔力を取り込めば、身体がぽかぽかしてくるのは当然だ。

『風の魔力』は大地をめぐる空気の流れ──循環を意味する。

火と風の魔力の両方を同時に取り込むことで、メイベルの冷え性と体内魔力の循環は改善したのだろう。

メイベルは魔王ルキエの大切な部下だ。

彼女の体調がよくなったのなら、魔王ルキエもうれしい。

だが――

「……おそるべき男じゃ。あの錬金術師は、そこまで考えていたというのか……」

「この世界の錬金術師の中でも、５本の指に入るお方でしょう」

「じゃが、あやつは勇者の世界のアイテムをコピーしただけなのじゃろう？」

「……そうなのですが」

宰相ケルヴは腕組みをして、

「勇者についての口伝には、そのような情報はございません。『健康グッズ』でバフをかけるとか状態異常を回復するとか、ありえないのです……」

「代々の宰相が受け継ぐ口伝の中には『健康グッズ』も『フットバス』もないのか？」

「そうですね。『強化魔術』や『回復魔術』の記録はあるのですが……」

柱に頭を押しつけてうなだれる宰相ケルヴ。

「魔力循環を改善するアイテムなんて聞いたことがございません。しかも、ほかほかのお湯を使う桶《おけ》だなんて……なんなんでしょうか。あの錬金術師は。私、歴史を語り継ぐ宰相として自信をなくしそうです……」

「余もわからぬ……なんなのだ。あやつは」

魔王ルキエは首をかしげた。

それから、気を取り直したように、

「まぁよい。その『フットバス』は、メイベルに渡してやるがいい」

「よろしいのですか？」

「メイベルは余の大事な部下じゃ。その利益になるものを取り上げるわけにはいかぬ」

「しかし、メイベルはトールどのに、かなり心を許している様子」

「……は？」

宰相ケルヴの言葉に、魔王は一瞬、絶句する。

「メイベルはトールどののことを、どうやら本気で気に入ってしまったようですな。さっき部屋の前を通りかかったのですが、仲良く話をしている声が聞こえてきました」

「……な、なんと」

「メイベルが、あれほど人に心を開くのはめずらしいことです」

「……そうじゃな」

「彼女は魔術が使えないために、エルフの村で差別されていましたからね。魔王城に来てからも、皆に心を開くまでには時間が必要でした。なのに、こんなに早くトールどのに心を許すとは」

「…………うむ」

「それを踏まえて、魔王陛下に提案がございます」

黙り込む魔王には気づかず、宰相ケルヴは続ける。

「メイベルが望むなら、将来的にトールどのと結婚させるのはいかがでしょうか。そうすれば、トールどのを魔王領にとどめる理由になります。いや、むしろメイベルを説得して、政略結婚へと導くというのは——」

「ならぬ！」

不意に、魔王ルキエの身体から、濃密な『闇《やみ》の魔力』があふれ出した。

それを見た宰相ケルヴが青ざめる。

彼は理解している。仮面で顔を隠した魔王、ルキエ・エヴァーガルドの力を。

魔王とは最強の魔族であり、この魔王領を統べる支配者なのだと。

「余の大切な部下であり、幼なじみのメイベルを、人間などにたぶらかされてなるものか！　和平を結んでいるとはいえ、我ら魔王領は人間の下についたわけではないのだからな！」

「魔王さま。落ち着いてください！」

「いや、もはや黙ってはおられぬ。余みずからが出る！」

魔王ルキエは腕を振り上げ、宣言した。

「錬金術師トール・リーガスがどれほどの者か、余が見極めてくれる‼」

第10話「幕間《まくあい》：帝国領での出来事（1）」

――トールが魔王領に向かったあと、帝国の公爵家では――


「執事どの。宮廷より、魔法剣の修理についての問い合わせが来ています」

トールが魔王領に送り出されてから数日後、リーガス公爵家執事は、部下の報告を受けていた。

執事と衛兵隊長はリーガス公爵の腹心だ。

公爵とともに、トールを魔王領へ生《い》け贄《にえ》として送り出すときにも協力している。

最近は公爵も機嫌がいい。

執事である彼も安心していたのだが――

「魔法剣の修理だと？　そんな依頼があったか？」

「お忘れですか？　皇女殿下が使われるという、魔法剣の修理ですよ。勇者時代のものを修復するようにという依頼があったではないですか」

「ああ、思い出した。確か役所を通して、修理依頼を出していたな」

公爵家の執事はうなずいた。

帝国では、錬金術師の地位は低い。

だからなるべく貴族は直接関わらず、役所を通して依頼をするようになっている。

皇女が使うという魔法剣も、同じようにしていたのだ。

「わかった。私が確認しておく」

そう言って公爵家執事は、急いで役所へと向かったのだった。


「修理ができないだと⁉」

「はい。錬金術師の工房に持ち込んだのですが、断られまして……」

役所の所長は答えた。

「だが、書類には『修理は8割完了している』と書いてあるぞ」

「それは……」

所長は、きまずそうに顔を逸《そ》らした。

「実は……魔法剣を、うちの職員がこっそりと『錬金術』スキルで直していたのです」

「なに？」

「うちの部署は、年々予算が減らされていますからね。現場でやれることは、予算を使わずにやるようにしているのです。もちろん、上の方の許可はいただいております」

「わかった。では、その職員を呼べ」

「退職しました。ここにはもうおりません」

「そのような者を手放すとは愚かな‼　貴様はそれでも人事を預かる者か⁉」

「い、いえ……私が手放したわけでは……」

「うるさい！　誰《だれ》なのだ、その職員とは‼」

「トール・カナンどのです」

所長は、ぽつり、とつぶやいた。

「いえ、カナンは母方の姓でしたね。公爵家に戻られた今は、トール・リーガスさまですか」

「……」

「あの方はたいしたものですよ。アイテムをひとつひとつチェックして、必要な修理を施していたのですから」

「な、なんだと？　そんな報告は受けていないぞ⁉」

「あの方の名を出すなとおっしゃっていたのは、公爵家の方だと記憶しておりますが？」

不思議そうに、役所の所長は首をかしげた。

「『トール・リーガスの名前が表に出ないように。仕事内容や成果が、公爵さまや他の貴族の目に付かぬように』と、公爵家から命令を受けておりました。だからあの方の仕事ぶりについては報告も記録もできなかったのです」

「……ぐぬぬ」

「トールさまは公爵家に戻られたのでしょう？　そちらで魔法剣の修理をお願いすれば──」

「う、うるさい！　貴族の事情に口を出すな‼」

黒服の執事は、だん、と地面を踏みならし、叫んだ。

「トール・リーガスのことは言うな！　あの者のことは、公爵家でもタブーとなっている。いいな、二度とその名を口にするなよ‼」

「わ、わかりました。では、魔法剣は……？」

「公爵家が錬金術師の工房に依頼する。それでよかろう！」

「錬金術師からは、直せないと言われているのですよ？」

「どうせ低レベルな工房に依頼したのだろう？」

公爵家執事は魔法剣を手に取った。

両刃の剣で、刃の一部が欠けている。小指の爪くらいの欠損だった。

だが、記録によると、欠損と亀裂は、刀身の中央にまで達していたらしい。

（それをトール・リーガスが、ここまで修復しただと？）

だったら、他の錬金術師に直せないはずがない。

おそらくは、トール・リーガスが手を回して、質の悪い錬金術師に修理を依頼させたのだろう。

目的はもちろん自分の力を見せて、公爵の歓心を買うためだ。おろかなことを。

そんなことをしたところで、彼の運命は決まっていたというのに。

──そこまで考えて、公爵家執事はうなずいた。

自分の額に冷や汗が伝っていることには、気づかないふりをした。

リーガス公爵と衛兵隊長、執事である自分がその無能をあざ笑い、帝国より追放したトール・リーガスは、無能でなければいけないからだ。

もしも彼が有能で、特別な力を持っているとしたら──

（公爵さまと自分たちが、間違っていることになるではないか‼）

思わず浮かんだ考えを振り払うように、公爵家執事は頭《かぶり》を振った。

「いいか、この魔法剣のことは忘れろ」

公爵家執事は、トール・リーガスの上司だった者に向かって、告げた。

「この魔法剣は公爵家が直接、帝都で最も優れた錬金術師の工房に修理させる。お前はこの剣のことを忘れろ。いいな。二度とトール・リーガスのことは口にするな‼」

そうして、公爵家執事は、外へと飛び出していったのだった。


翌日。公爵家の執事が、錬金術師の工房で魔法剣の修復を依頼したところ――

「……修理できないだと⁉」

「申し訳ございません。これは我々の手に負えません」

工房主である錬金術師は、あっさりと首を横に振った。

「そんな馬鹿なことがあるか！　ここは帝都で一番大きな工房だろう⁉」

「魔法剣の修理というのは難しいものなのです」

錬金術師の男性は、テーブルに敷いた布の上に、銀色の長剣を置いた。

彼は刀身を指さして、

「ここに亀裂があるでしょう？　いや、あったというべきですな。亀裂の方はきれいにふさがっている。ですが、まだ刃こぼれが残っているでしょう？」

「それを直せといっているのだ！」

「ですから魔法剣の修理というのは、簡単なものではないのです」

老齢の錬金術師はため息をついた。

「普通の剣なら、鍛冶屋《かじや》に頼めば打ち直すこともできましょう。けれど、これは魔法剣なのです。刃を構成する金属に『火』や『地』などの属性を付加しなければならないのです」

「……う、うむ」

「だから、修復には錬金術スキルが必要となります。素材そのものに干渉して、まわりの金属と属性が同じになるように錬成し、繋《つな》ぎ合わせるために」

「わかっているならやればいいだろう⁉」

「その技術を持つ錬金術師は、帝国にはおりません」

「……いない？」

「勇者の時代には存在しました。けれど、今はもうおりません。錬金術師の地位は下がり続け、人も減りました。魔法剣修復の技術も失われたのです。人材を育てなければ貴重なアイテムも失われていくばかりだと……若いころ、仲間とよく話をしたものです」

遠い目をして、錬金術師は言った。

それから、魔法剣に視線を移して、

「いえ、この魔法剣の亀裂を修理した方がまだいるのですね。ならば、その方にお願いすればよろしいのでは？」

「……う」

黒服の執事は口ごもる。

その彼には目もくれず、錬金術師はうっとりするような顔で魔法剣をなでている。

「この修復技術は実に見事です。刀身の中央に至るまでの亀裂があったらしいですが、その跡さえもわかりません。欠けていた部分と他の部分が完全に結合しています。すばらしい……」

そう言って、錬金術師は顔を上げた。

「お願いです。これを直した人を紹介してください！　ぜひ、教えを請いたいのです。これだけの技術があれば、錬金術師の技も発展すると──」

「う、うるさい！」

紹介などできるわけがない。トールは魔王領に去ったあとだ。

公爵も「あれはもう死んだも同じ」と言っている。魔王領で魔族や亜人に殺されるか、帝国が魔王領とトラブルを起こしたときに犠牲になるかの、どちらかだと。

「いいから直せ！　刃が欠けているだけなのだろう？」

「ですから、同じように修復はできないのです」

「リーガス公爵さまは、見た目が直っていればそれでいい、とおっしゃっている！」

事実だった。

公爵は「貴様に任せたはずだ。きれいに直せばそれでいい」と言っていた。

それにこの魔法剣は、皇女殿下の儀式に使われるものだ。これで魔獣を斬るわけではない。

見た目が整っていればいいはずだった。

「魔法剣として完全にする必要はないと？」

「そうだ」

「しかし一部だけ別の素材を合成すれば、強度に問題が――」

「これは儀式に使われると聞いている。剣に負担がかかることはないはずだ」

執事はじっと、老齢の錬金術師を見据えていた。

「それとも貴様は、公爵家の依頼を断るのか？」

「……そこまでおっしゃるのなら、お受けしましょう」

錬金術師は、再び、長いため息をついた。

「ですが、見た目を整えるだけの依頼であると、一筆《いっぴつ》書いていただきます」

「一筆？」

「こちらの責任になっては困りますからね」

「……わ、わかった」

仕方がない。この魔法剣は、今月中に修復する必要があるのだから。

そう自分に言い聞かせながら、公爵家執事は書類にサインをしたのだった。

第11話「収納と作業場について考える」

――トール視点――


「トールさま。お口を開けてくださいませ。はい、あーん、です」

「大丈夫です。自分で食べられますから」

夕方。俺は部屋で食事を取っていた。

帝国にいたころ、『魔王領の者たちは魔獣の肉を生のまま食べてる』なんて噂《うわさ》を聞いたことがあるけど、そんなことは全然なかった。

メイベルが持ってきてくれたのは、焼きたてのパンと、熱々のスープと肉料理だ。

パンは少し固いけど、中に甘い木の実が練り込んである。スープもコクがあるし、肉料理は上に載った香草が肉の味を引き立ててる。

というか、帝都で食べてたのより美味《おい》しい。

目の前にはメイベルがいて、俺が食べるのをうれしそうに眺めている。

食べ始めは緊張したけれど、もう慣れた。メイベルがいい人なのはわかってるから。

ただ――

「私はトールさまに恩がございます。それを返させてください」

――と言いながら、俺に「あーん」しようとするのは困るんだけど。

「トールさまのおかげで、母の形見のペンダントも直りました。私も魔術が使えるようになったのです。一方的にご恩を受けたままでは、誇り高きエルフの名がすたります。どうか、恩返しをさせてください」

「どうしても？」

「どうしてもです！」

「わかりました。そのうち返してもらいます」

「そのうち、ですか？」

「俺はまだ魔王領のことをなにも知りません。だから、城の中や領内を案内して欲しいんです」

「承知いたしました。恩返しの第一歩ですね」

ゴールまでは何歩あるんですかメイベルさん。

「それでは、魔王さまに許可をいただいてから、城内と領内を案内いたしますね」

「やっぱり許可はいるんですね」

「最初だけですよ。魔王さまは、おおらかなお方ですから」

……そうなの？

玉座の間で見たときは、そういうイメージはなかったんだけど。

付き合う時間が長くなると違うのかな……？

俺にとっての魔王のイメージは、「有能な権力者」だ。

魔王領の方針にのっとって俺を雇うことにしたのもそうだし、メイベルを俺の世話係にしたのもそうだ。他人の能力や適性を理解して、文字通りに適材適所で配置している。そういうところが、魔王領の人たちの忠誠の源なのかもしれない。

　魔族の宰相も、ミノタウロスの兵士たちも――表情は緊張していたけど――魔王に心から敬意を払っているように見えたから。

「トールさまのご希望は、私が宰相さまを通して、魔王さまにお伝えいたします」

　メイベルは食後のお茶を注ぎながら、そう言った。

「ですから、気がついたことがあれば、遠慮なくおっしゃってくださいね」

「たとえば、もう一部屋欲しいと言ったらどうなりますか？」

「通ると思いますが……近くに空き部屋がないので、時間がかかるかもしれませんね」

「そうですか……」

　ここは魔王城にある、俺の自室だ。

　部屋にベッドとテーブル、椅子と机がある。入り口の他にも、壁にドアがふたつある。

　片方は隣の倉庫に通じていて、もう片方はトイレに繋がっている。

　ちなみに風呂《ふろ》はない。城には大浴場があるらしいから、そっちを使うことになりそうだ。

　ベッドの近くには大きな窓がある。

　窓からは俺が通ってきた森と、魔王領の首都の風景を見ることができる。

　いい環境だと思う。帝都で住んでた部屋よりも、ずっと。

　ただ、錬金術の工房にするためには、もうひとつ部屋が欲しい。

　魔王陛下は倉庫の方を工房にさせるつもりだったらしいけれど、あっちは貴重なものが多い。異世界の本や、素材になりそうなものが山のようにある。

錬金術の作業には火や薬品を使うこともある。

うっかりすると、異世界の本や、素材を傷めるかもしれない。

それを避けるためには、作業専用の部屋があった方がいいんだけど……。

「いかがいたしましょうか、トールさま。お部屋をご希望なら、これから魔王さまのところに行ってまいりますが……」

「部屋の方はいいです。先に城の案内の方をお願いできますか？」

「はい。もちろんです。トールさまとご一緒できるのは、私もうれしいですから……」

メイベルは俺に向かって頭を下げた。

「他にもなにかご希望があれば、なんなりとおっしゃってくださいね。このメイベル・リフレインは一命をかけて、トールさまのご希望にそうようにいたしますので」

「命はかけなくていいですからね？」

俺が言うと、メイベルはやさしい微笑《ほほえ》みを浮かべた。本当にわかったのかな？

しばらくすると食事は終わり、メイベルは部屋を出ていった。

俺は倉庫から『通販カタログ』を持ってきて、机の上に広げた。

「工房を作るマジックアイテムがあればいいんだけどな」

そんなことを考えながら、俺はページをめくっていく。

カタログの最初のページには目次がある。

工房に使えそうなアイテムといえば……『収納』の項目だろうか。

……『収納』か。

そういえば異世界から来た勇者は、異空間にアイテムを収納する能力を持っていたな。

帝国で読んだ歴史書によると『異世界勇者は、大量の武器やポーションを別空間にしまっておくことができた』そうだ。

名前は『収納ボックス』『収納スキル』『アイテムボックス』だったっけ。

収納したものは、いつでも自由に取り出すことができたそうだ。しまったアイテムは、自動的に整理されていたという記録が残っている。

あれがスキルによるものだったのか、アイテムによる能力だったのかはわかっていない。

まさに、勇者時代の『失われた技術《ロスト・テクノロジー》』だ。

「あの『収納ボックス』は、勇者が強い理由のひとつだったんだよな……」

アイテムを大量に持ち歩いても荷物にならない上に、武器やポーションをいつでも取り出すことができる。旅をするにも戦闘をするにも、すごく便利な能力だ。

『収納ボックス』のようなアイテムを作り出せたら、勇者の技術を学ぶ手がかりになる。

「……やってみる価値はありそうだ」

俺は『通販カタログ』の、『収納』アイテムのページを開いた。

勇者の世界の本なら、『収納ボックス』と似た感じのものがあると思うんだけど……これかな。

写真には、金属製の物置が写っている。

説明文がある。これは——

見た目はコンパクト、中はひろびろ！　あらゆるものが収納できます！　整理もラクラク！

取り出すときも思いのまま!!


——勇者の『収納ボックス』そのままの能力だ。すごいな。本当にあったよ……。

アイテムの名前は『小型物置』。

高さ2メートル、横幅3メートル、奥行き4メートル。

金属製で、大きな引き戸がついている。

写真には、物置の外観《がいかん》しか写っていない。

説明文には『白ウサギ印の小型物置は、ウサギが1000羽乗っても壊れません！　当社の小型物置は今までの常識を超える、別次元の広さです！　実際にお使いになり、その能力をご確認ください！』とある。

『別次元の広さ』——つまり『広い別空間』があるってことか。

勇者の『収納ボックス』には、直接別空間からアイテムを取り出すタイプと、無限に入る革袋やカバンを使うタイプがあった。この『白ウサギ印の小型物置』は後者だ。作る方としては、こっちの方がわかりやすい。

でも、この『小型物置』には、物理防御までついているのか。

ウサギが1000羽乗っても壊れないんだもんな……。

勇者にとってのウサギといえば『ホーンドラージラビット』だろう。こっちの世界に来た勇者は、まず最初にあれを討伐してたから。

『ホーンドラージラビット』は体長1メートル強の大ウサギで、重さは人間の子どもくらいある。それが1000羽乗っても平気な物置か、すごいな。

俺の技術では、そこまでの強度は再現できないかもしれないけど——

「……やってみるか」

俺の目的は、勇者世界の技術を学ぶこと。

それと、魔王領を帝国や勇者世界以上に快適な場所にすることだからな。

というか、内部に異空間があるアイテムって、すごく面白そうだ。外には出せないマジックアイテム置き場にしたり、工房の代わりにしたり、使い道はいくらでも思いつく。わくわくする。

『創造錬金術《オーバー・アルケミー》』で作れるかどうか、試してみよう。


「発動『創造錬金術《オーバー・アルケミー》』」


俺はスキルを起動した。

『通販カタログ』のページをじっくりと見て、『小型物置』の能力とパラメータを確認。俺のスキルでコピーできるか確認する。

『創造錬金術《オーバー・アルケミー》』の答えは——

『小型物置』（『創造錬金術《オーバー・アルケミー》』で作製可能。ただし、現在は魔力不足）
・必要な魔力
地の魔力（作製条件を満たしています）
風の魔力（作製条件を満たしています）
闇《やみ》の魔力（不足しています）

能力的には作れる。ただし、今は闇の魔力が足りないようだ。

『小型物置』に必要なのは、地の魔力と風の魔力、それと闇の魔力。

地の魔力で空間を囲み、風の魔力で、空間を大気で満たすようになっているらしい。

でも、闇の魔力が足りないから、収納用の別空間を作り出すことができないのか……。

『闇の魔力』は、言葉通りの闇と、空白や無を意味する。

帝国ではマイナスイメージしかないけど、空白や無は必要なものだ。

まわりにからっぽの空間がなければ、人は動くことができない。桶《おけ》だって部屋だって、中になにもないから物を入れられるわけだし。

だから収納空間を作るのに、闇の魔力が大量に必要だというのもわかる。

でも、俺が使える闇の魔力は、まだ少ない。つい最近まで帝国にいたからだ。あっちは光の魔力が強くて、闇の魔力が弱い場所だったから。

……困ったな。

「近くに、たくさんの『闇の魔力』を持ってる人がいればいいんだけど」

「失礼する。トール・リーガスはおるか？」

不意に、ノックの音がした。

ドアの隙間《すきま》から、『闇の魔力』が流れ込んできた。


『──必要な「闇の魔力」を吸収しました。「小型物置」を作製可能です』


頭の中で声がした。

「あれ？　なんで？」

「魔王ルキエ・エヴァーガルドじゃ。トール・リーガス。おるのじゃろう⁉」

「あ、はい」

ドアを開けると、魔王のルキエ・エヴァーガルドがいた。

玉座の間で見たのと同じ姿だ。

黒いローブをまとって、顔には銀色の仮面をつけている。

隣にはメイベルが控えている。彼女が魔王ルキエを、ここまで案内してきたみたいだ。

「話があって参った。入ってもよいか？」

「はい。魔王陛下──」

「いや、ひざまずかずともよい。お忍びで来たのじゃ、楽にせよ」

言われて俺は立ち上がる。

魔王ルキエを、こんなに近くで見るのは初めてだ。

やっぱり魔王だけあって、その姿は威厳に満ちている。

仮面のせいで表情はわからない。

彼女がつけている仮面も、漆黒のローブも、マジックアイテムだ。『錬金術師』としての本能が、あれは強力なものだとささやいている。うかつに触れるのは危険そうだ。

「まずは礼を言わせてもらおう。トール・リーガスよ」

魔王は、こほん、と咳払《せきばら》いしてから、そう言った。

「メイベルが魔術を使えるようにしてくれたこと、ありがたく思う。この者は余の幼なじみでな、とても大切な存在なのだ。彼女の悩みを解決してくれたこと、感謝している。ありがとう、トール・リーガスよ」

「もったいないお言葉です。魔王陛下」

俺は軽く頭を下げたまま、答えた。

元は俺も貴族だ。高貴な相手への対応は身についている。

「俺も、魔王領に来てからメイベルさんにはお世話になっています。俺の錬金術が、メイベルさんの役に立ったのならうれしいです」

俺は帝国に捨てられて、むりやり馬車に乗せられて、ここに来た。

温かく迎えてくれたメイベルには、本当に感謝してる。

「……お主は、変わっておるな」

「そうでしょうか？」

「数十年前に帝国から来た者は、おびえてまともに話もできなかったと聞いておる。その上、すぐに帰ってしまったそうじゃ。なのに、お主は落ち着いておる。興味深いが……」

魔王は興味深そうに俺を見てる。

「疑わしくもある。なにかたくらんでおるのではないか、とな」

「わかりますか？」

「たくらんでおるのか⁉」

「実は、これを作ろうかと考えているんです」

俺は『通販カタログ』のページを、魔王に示した。

「『あっという間に組み立て完了。ウサギが１０００羽乗っても壊れない小型物置』です。作ってもいいですか？　この中を作業場にしたいんです。倉庫と工房が同じ部屋だと落ち着かなくて」

「……本当に変わっておるな。お主は」

魔王ルキエはため息をついた。

「ひとつ聞いてもいいか。錬金術師トール・リーガスよ」

「はい！　魔王陛下！」

「……名前を呼んだだけじゃぞ？　どうして目を輝かせておるのじゃ……」

「国のトップから公式に錬金術師って認められたのがうれしくて、つい」

「お主はなにが目的なのじゃ？」

魔王ルキエは言った。

「お主は帝国の使者としてここに来ておる。その役目は交流じゃ。じゃが、お主はメイベルのペンダントを修理した上に、あやつの体質まで改善してしまった。お主がそこまでする理由と、目的はなんじゃ？　聞かせてくれぬか」

……そんなこと言われても。

俺は帝国に捨てられてここに来た。公爵も、自分を連れてきた兵士も、俺を魔王領への生け贄《いけにえ》として扱っていた。帝国側では魔王領を、恐るべき者たちが住む魔境のように思ってるからだ。

だけど、それを魔王に説明するのは難しい。

だから、俺が考えていることを素直に伝えるとしたら――

「勇者を超えることですね」

俺は言った。

魔王がぽかん、と口を開けた。

「ゆ、勇者を超える……じゃと？」

「はい。正確には、勇者の世界を超えるマジックアイテムを作ることですけど」

「馬鹿な！　勇者は強力なスキルを持ち、この世界よりはるかに進んだ世界から来た者たちじゃぞ!?　その勇者の世界を――超えるじゃと!?」

「幸い、資料はありますから」

俺は『通販カタログ』を示した。

「これは勇者世界の『通販カタログ』というものです。これには勇者の世界の、すごいマジックアイテムがたくさん載っています。メイベルさんに作った『フットバス』も、これに載っていました」

「…………う、うむ」

「俺はここにあるアイテムをコピーすることで、勇者世界の技術を学びたいんです。そうやって錬金術を極めて、勇者世界を超えるマジックアイテムを作りたいと思ってます。もちろん、作ったものは魔王領で使っていただきたいです。できるだけたくさんの人に」

「…………」

「そのためには、城の外にも工房を開きたいと考えています。人々の依頼を聞いて、その人に向いたマジックアイテムを作るのが夢だったので。どどーんと『錬金術あります』って看板を出したいです。場所は素材がたくさん取れるところがいいですね」

「…………」

「あ、すいません。話がそれました。なんで勇者世界のマジックアイテムに似たものを作りたいかという話でしたね。それはえっと……勇者とは俺にとって超越存在だからです。でも、彼らの世界のアイテムを作って、それを実際に使うことで、彼らの世界の技術を理解し、同等以上のアイテムを作れるようになるかもしれません。勇者を超えるというのはそういう意味で――」

「トール・リーガスよ」

不意に、魔王が重々しい口調でつぶやいた。

彼女は仮面の向こうから、じっと俺を見ている。

まずい。調子に乗って話しすぎた。

錬金術の話題になると、すぐ夢中になるのは悪い癖《くせ》だ。

相手は魔王だ。俺が気安く話せる相手じゃないってのに……。

「我が魔王領はかつて、異世界から来た勇者に敗れた、それは知っておるな」

「はい。知っています」

「トール・リーガスよ。お主はその勇者の技術を理解し、彼らを超えたいと思っておるのじゃな」

「……その通りです」

「そうか」

魔王ルキエはゆっくりと深呼吸をしてから、

「ははっ。面白い。面白いぞ！　帝国から来た者が魔王領で、勇者を超えるアイテムを作るか、実に面白い！　やってみるがいい。トール・リーガスよ！」

「いいんですか？」

「余も魔王と呼ばれる身じゃからな。それくらいの器量はあるつもりじゃ。お主の野望、しかと受け止めよう！」

魔王は胸を張って宣言した。

よかった。怒ってなかった。

しかも、俺の目的をそのまま受け入れてくれた。

メイベルは『魔王さまはおおらかな方』って言ってたけど、本当だったみたいだ。

「先ほど『小型物置』とやらを作りたいと申していたな。許す。やってみるがいい」

「それも許可していただけるんですか？」

「作業場を作るだけであろう。構わぬよ」

「ありがとうございます。で、こちらが用意した素材になります」

「待て待て！」

「どうされましたか？　陛下」

「今からか⁉　今すぐに作り始めるのか⁉」

「いいっておっしゃったじゃないですか」

「言ったけど！　確かに言ったけど⁉」

俺は「こんなこともあろうかと」用意しておいた素材を取り出す。

倉庫にあった盾と鎧《よろい》や金属製品をやわらかくした、金属塊《きんぞくかい》だ。

小型物置は金属製だから、これを素材にしよう。

『通販カタログ』によると……物置の大きさは、高さ約2メートル。幅3メートルで奥行き4メートルか。でも、そこまで大きくしなくてもいいな。

物置そのものの大きさには意味がない。重要なのは内部の空間だ。

空間をつかさどるのは『無』や『空白』を意味する闇《やみ》の魔力。

物置の本質は壁じゃない。中のなにもない空間だ。からっぽだから物が入る。

『闇の魔力』が強ければ強いほど、内部の『収納空間』が広い物置になるはずだ。

必要な『闇の魔力』は、もう取り込んである。

この魔王領でも最も強い魔力を持つ、魔王ルキエがすぐ側《そば》にいる。彼女の身体《からだ》からあふれ出す闇の魔力があれば『収納空間』を作ることもできるはずだ。

それじゃ、さっそく始めよう。

第12話「物置と収納空間を完成させる（アイテム整理機能つき）」

――魔王ルキエ視点――


魔王ルキエは呆然《ぼうぜん》と、トールの作業を眺めていた。

確かに『小型物置』の作製は許可した。

けれど、いきなりこの場で作り始めるとは思わなかったのだ。

「本気で今すぐ作るつもりなのか⁉　トール・リーガスよ」

「おそれながら、魔王陛下に申し上げげます」

「……うむ。言うがいい。メイベルよ」

「こうなってしまったらトールさまは止まりません」

「そうなのか？」

「はい。それに、トールさまは悪いものを作られたりしないと思います」

「ずいぶんと信頼しているのだな、メイベル」

「それはもう」

メイベルは微笑《ほほえ》んだ。

「トールさまは私が冷え性なのに気づいて、『フットバス』を作ってくださったのですから」

「そんな理由じゃったのか⁉」

「はい」

「体内魔力の循環を改善するためではなかったのか……」

トール・リーガスが作った『フットバス』は、レア中のレアアイテムだ。

体内の魔力循環を改善させるアイテムなら、土地や屋敷と引き換えにするほどの価値がある。

それを作った理由が「メイベルの冷え性に気づいたから」だなんて、ルキエは想像もしていなかったのだ。

「あの錬金術師は、一体なにを考えているのじゃ」

「トールさまは、私たちを理解してくださるお方です」

「理解じゃと？」

「お部屋にご案内したときにもおっしゃっていました。『リザードマンさんのために、鱗《うろこ》が引っかからない服を作りたい』と」

「人間が？　リザードマンのために……？」

「あの方は偏見なく、本質を見抜く目をお持ちなのです。魔王領のみんなになにが必要かを考えてくださり、助けになるものを作ろうとしていらっしゃいます」

メイベルは目を閉じて、ないしょ話をするかのように、つぶやいた。

「そういうトールさまだから、私はお手伝いしたいと思うのです」

「メイベル……」

「どうか、魔王陛下も、トールさまを信じてあげてください」

メイベルはメイド服のスカートをつまんで、深々と頭を下げた。

「……メイベルの言う通りかもしれぬな。トール・リーガスは、悪い者ではないのじゃろう」

魔王ルキエはうなずいた。

「それに、あの者はアイテム作りにしか興味がないようじゃな。作業を始めてからは、余やメイベルの声も聞こえておらぬ。すごい集中力じゃ」

「そうですね。トールさまのマジックアイテムにかける情熱はすごいです」

「まったくじゃ。子どものように夢中になっておる」

「はい。アイテム製作に集中しているトールさまって、凛々《りり》しくてかっこいいですね」

「そういう話ではないんじゃよ？」

魔王ルキエとメイベルが見守る中、トールの作業は続いていた──


──トール視点──


俺は『通販カタログ』にある『小型物置』の図を見つめていた。

正面図と側面図、空からの図。斜めから見た図。

それらを組み合わせて、頭の中で立体にしていく。

「正面図と側面図から、立体図を展開。イメージを作成──」

宣言すると、空中に半透明の『小型物置』が浮かび上がった。

俺が持っている情報は写真だけだ。

それで勇者世界の『小型物置』を、どこまで正確にコピーできるか……。

まずは、写真を見ながら、実際の物置をイメージしていこう。

壁の手触り。堅さ。重さ。温度。色。

それに合わせて、完成予想図が変化していく。

よし……イメージは固まってきた。次は大きさだ。

「形状把握完了。大きさを設定」

本に載っているような大きさは必要ない。

部屋に置くには邪魔だし、必要な素材も多くなる。

どうせ中に収納空間を作るんだ。外側の大きさは、あんまり意味がないからな。

「サイズを規定。高さ、幅、奥行き……すべて1・2メートルで」

空中に浮かぶ『小型物置』のイメージ図が変わる。

目の前にあるのは、人がかがんで入れるくらいの小さな物置だ。

「素材を決定──作製開始」

俺は空中に浮かべた『小型物置』のイメージ図を、素材のところまで移動させる。

準備しておいた金属の塊と、半透明のイメージ図が重なるようにする。

「金属塊を素材に小型物置を生成。内部に『闇《やみ》の魔力』を注入して、収納空間を作製。『地の魔力』で素材を安定化。壁面、床面、屋根を強化」

金属の塊が、イメージ図に合わせて、形を変えていく。
それはゆっくりと、物置の姿になっていって――

「実行『創造錬金術《オーバー・アルケミー》』！　『小型物置』を作製！」

ごとん。

目の前に、金属製の『小型物置』が出現した。

「……できた」

『小型物置（異世界風）』（属性：地・風・闇闇闇）（レア度：★★★★★）
強力な闇の魔力により、内部に別空間を作り出す。
風の魔力によって、別空間内に空気を生み出す。
地の魔力によって、別空間を固定し、封じ込める。
『小型物置』は、内部にアイテム収納のための別空間を宿した物置である。
収納した食物・水などを、劣化させずに保管しておける。
重要なアイテムなどは、自動的に収納・分類する。

魔王領に置いておけば自動的に闇の魔力を吸収するため、魔石は不要。
物理破壊耐性：★★★★★（高レベル魔法でないと破壊できない。ただし、高レベル魔法であっても、内部空間に収納された場合は効果がない）
耐用年数：１００年。

「これが、勇者の世界の小型物置か」

できあがったのは、縦・横・高さ、すべて1・2メートルの立方体だ。

正面には大きな扉がついていて、中に入れるようになっている。

でも、完成はしたけど……まだまだ、勇者の世界のアイテムにはほど遠い。

『通販カタログ』に載っている物置には、雨水を流すための溝があるし、鍵穴《かぎあな》もある。

けれど、俺が作ったものにはそれがない。そこまで細かい部分はコピーできなかったんだ。

「やっぱり、レベルが違うな。勇者の世界のアイテムは」

でも、やりがいはある。

目指すは勇者世界の技術を超えること。

錬金術を極めて、最高のマジックアイテムを作ることなんだから。

「すごいです。トールさま！」

「その場で物置を作ってしまうとは……信じられぬ……」

「あ」

錬金術に夢中で、メイベルと魔王ルキエがいるのを忘れてた。

「ご覧の通りです。作業場として『小型物置』を作らせていただきました。魔王陛下」

俺は魔王ルキエの方を見て、言った。

「新たな部屋を作る許可をくださったことに感謝します。魔王陛下」

「いや、普通はその日のうちに部屋を作ったりできぬじゃろ。それに……」

魔王ルキエは、高さ1・2メートルの物置を見つめて、

「こんなに小さくては、作業場にはならぬのではないか？」

「そこは考えてあります」

「というと？」

「魔王陛下は、異世界の勇者が使っていた『収納ボックス』や『アイテムボックス』というものをご存じですか？」

「知っておる。容量無限の収納空間じゃな」

「この物置には、それと似た機能を付加してあります。初めて作ったので、うまくできたかどうかはわかりませんが」

「……冗談じゃろ？」

魔王ルキエはひきつった顔で言った。

「帝国には、空間を操ることができる錬金術師が普通におるのか……」

「同じことができる人がいるかどうかは、わからないですけど」

たぶん、いないんじゃないかな。帝国は闇の魔力が弱いから。

俺も自分の魔力だけじゃ、これを作ることはできなかった。

「帝国のことはともかく、まずは物置の中を確認してもいいですか？」

「う、うむ。許す」

「ありがとうございます」

「私もご一緒していいですか？　トールさま」

メイベルが、前に出た。

「トールさまのお部屋の掃除は、私の役目ですから。この──えっと」

「『小型物置』です」

「──私がこの『小型物置』のお掃除をすることになると思いますので」

「いいですよ。どうぞ」

物置のサイズは、縦横高さが1・2メートル。

入り口はそれより小さい。だから、かがんで中に入ることになる。

でも、魔王にお尻《しり》を向けるわけにはいかないから、物置の向きを変えて、と。

扉は──よし。スムーズに開け閉めできるな。

「それじゃ、行ってきます」

「行ってまいりますね。魔王さま」

俺とメイベルは魔王ルキエに一礼してから、『小型物置』の中に入った。

――異世界風『小型物置』の中で――


「むちゃくちゃ広いな！」

「あの小さな箱の中に、こんな空間が⁉」

隣ではメイベルが目を見開いてる。

物置の中は、巨大な空間になっていた。

広さは、魔王城の敷地くらいはあるだろう。

俺もびっくりだ。まさか、ここまで広々としたものができるとは思わなかった。

これならアイテムも入れ放題……というか、ここで普通に生活できるんじゃないか？

「すごいすごーい！　いくら走っても端まで届きませんよ！　トールさま！」

メイベルがスカートをひるがえして、物置の中を走り回っている。

くるくる回って、壁まで走って、はしゃぎながら戻ってくる。

「すごいです！　こんなアイテム、魔王城の宝物庫にもないです！」

「勇者の世界のアイテムのコピーですからね。すごいのは、あっちの世界の人たちですよ」

まったく桁外《けたはず》れだよな。あの世界は。

まぁ、勇者の世界だからしょうがないんだけど。

「これが、勇者の世界の技術なのですね……」

メイベルは、目を丸くしてる。

「トールさまは、その技術を学んで……最終的に勇者を超えるおつもりなのですね……すごいです」

「まだまだ、先は長いですけどね」

記録によれば勇者の『収納ボックス』は、容量無限だったそうだ。

でも、この『小型物置』には果てがある。つまり、無限じゃない。

収納空間の作り方はわかったけど、俺の技術はまだ勇者世界には追いついていないんだ。

「それでも、この技術を応用すれば、『収納空間』つきのバッグや、革袋も作れるかもしれません」

「そうですね……トールさまなら、できると思います」

「作ったら、使ってくれますか？」

「ええっ⁉　わ、私が？」

「だって、いくらすごいマジックアイテムを作ったって、使ってもらえなきゃ意味がないじゃないですか」

「わ、私はただのメイドですよ？　そんな伝説級のアイテムをいただくわけには……」

「メイベルさんは俺の仕事を手伝ってくれる、大切な人です。だから、試作品を使ってみて欲しいんです」

「……トールさまと一緒にいると、びっくりすることばかりです」

メイベルは顔を真《ま》っ赤《か》にしてる。

「でも、それがすごくうれしくて……心地《ここち》いい感じがします」

「……おーい」


「そういえば異世界の勇者は『収納ボックス』を他人に使わせたりしなかったんでしたっけ」

「そういう伝説がありますね。もう、ずいぶん昔の話ですけど」

メイベルは遠い目をして、そう言った。

「でも……私は時々考えるんです。もしもあのまま勇者が居続けていたら、世界はどんなふうになってたかって」

「もしかしたらこの世界も、勇者世界のように便利な場所になっていたかもしれませんね」

「でも、勇者召喚が続いていたら、魔王領は滅ぼされていたかも……」

「あ、すいません。そういう意味じゃなくて──」

「こちらこそ申し訳ありません。変なことを申し上げてしまいました」


「…………どうなっておるのだ。メイベル、大丈夫なのか……？」

「トールさまが、勇者とは違う方だということはわかっています。かつての勇者はその力を、魔族や亜人を攻撃するのに向けましたけれど、トールさまは錬金術のお力を、皆を幸せにするために使ってくださいますから」

「トールさまは誰かと戦うのではなく、ただ、すごいアイテムを作ることで、勇者を超えようとなさっています。そのお考えはとても尊いものだと思うのです」

「……メイベルさん」

……まいったな。

そんなこと言われたの、生まれて初めてだ。

「だから、私はトールさまに、この身のすべてをかけてお仕えしたいと思っているのです」

「そこまで気負わなくてもいいんですよ？」

「いいえ、トールさまへの感謝の気持ちを忘れることはありません！　ペンダントも『フットバス』も、箱に入れて、大事にしまってありますもの」

「いやいや、使ってください！」

ペンダントはともかく、『フットバス』は実用品なんだから。

使って感想を聞かせてもらって、ブラッシュアップしたいんだ。

「さきほどは『恩返しをしたい』と申し上げたのですけど……本当は、ちょっと違うんです」

不意に、メイベルが俺の手を握った。

大きな目で、じっと、俺の顔を見つめて、

「私はトールさまがこの魔王領で快適に暮らせるように、お手伝いをさせていただきたいんです。トールさまの作るものは、人を幸せにするもののような気がするんです。だから……陛下に命じられたからではなく、私自身の意志で、トールさまのお側《そば》にいたいと思っています」

「ありがとうございます。じゃあ、俺がなにを作るのか、メイベルさんが見届けてください」

「はい！」

「それで、次に作るアイテムですけど」

「そんなに急いで作る必要はないのですよ⁉」

「いえ、こういうのは気分が乗ってるうちに作った方が――」


「どうなっておるのだ‼　メイベル！　トール！　返事をせよ‼」


「魔王陛下⁉」

「す、すいません。ふたりとも、無事です‼」

俺とメイベルはあわてて返事をした。

魔王ルキエが呼んでるのに、気づかなかった。

物置内は別空間だから、外の声は聞こえにくいんだよな。

「無事ならよい。物置を叩《たた》いても揺すっても反応がないので、心配していたのじゃ」

「叩いたり揺すったりしたんですか？」

「まったく感じませんでしたね……」


「――それで、余がこの物置の中に入っても大丈夫なのか？」

「魔王陛下も中に入られるのですか？」

「当たり前じゃ。この城の主《あるじ》として、安全かどうか確認せねばならぬ」

「でも、俺が作った物置に魔王陛下を招くのは失礼かと……」

「トールよ。お主は危険なものを作ったのか？」

「いえ、そのつもりはないです」

「ならば、余が入っても問題はあるまい？」

魔王に引く気はないようだ。

物置の中に危険物はない。というより、物はなにも置いていない。

入ってもらっても大丈夫そうだ。

「わかりました。どうぞ、魔王陛下」

「うむ」

『小型物置』の扉から、魔王ルキエが入ってくる。

「……おぉ」

物置の中を見た魔王は、おどろいたように声を漏らした。

「なんと、あんな小さな物置の中に、これほどの空間が……お主は本当にすごいのだな。トール・リーガスよ……」

「おほめにあずかり光栄です。陛下」

「中はぼんやりと明るいのだな。広さは……城の敷地と同じくらいか。たいしたものじゃな」

仮面をかぶった魔王は、興味深そうに周囲を見回している。

その時──

『レア度ＳＳの重要アイテムを感知しました。空間内に自動収納します』

不意に、小型物置の中で声がした。


『「認識阻害のローブ（全属性防御）」を収納しました』

『「認識阻害の仮面（全属性強化）」を収納しました』


俺の足元に、黒いローブと銀色の仮面が現れた。

魔王ルキエが身につけていたものだった。

「………………な⁉」

目の前に、金髪の美少女がいた。

身につけているのは、軍の指揮官のような服だ。胸元には宝石があり、肩には金糸をあしらった装飾がついてる。

瞳《ひとみ》の色は黒みがかった赤だ。見ていると吸い込まれそうな気がする。深い闇をたたえていて、それでいて美しい。まさにその姿は、神が作り出した芸術品のようだった。

身体《からだ》は細い。背も、俺より低いだろう。

それでも弱々しさは感じない。むしろ、あふれ出すような生命力さえ感じる。

これが、魔王ルキエの正体。なんてきれいなんだろう……。


その瞬間──俺は、自分の力不足を思い知らされた。


なんてことだ。

『創造錬金術《オーバー・アルケミー》』なんて力を持っていても、自然が作り出した美にはまったく敵《かな》わない。

勇者世界のアイテムに、美の極致である魔王ルキエ。

「この世界にはまだまだ知らないことがいっぱいだ。もっと修行しないと……」

俺がそんなことを考えていると──


「な、なにが起こったのじゃ────っ⁉」

物置内に、魔王ルキエの絶叫が響き渡ったのだった。

第13話「魔王の話を聞く」

「……事情はわかった。許そう」

魔王ルキエは言った。

俺は、正座してた。

『正座』は勇者の世界では由緒正しい、『反省』を意味する座り方だからだ。

魔王ルキエは素顔をさらしたまま、何度もため息をついている。

彼女の仮面とローブを奪ってしまったのは、俺のミスだ。

異世界風『小型物置』に、アイテム自動整理機能があるのを忘れていた。

この物置には、レアアイテムを見つけると、自動的に集めて整理する機能がついていたんだ。

それは大量のアイテムを収納する『小型物置』には必要な機能なんだけど……そのせいで、中に入ってきた魔王ルキエの『仮面』と『ローブ』まで、自動的に回収してしまったんだ。

そのあとは大騒ぎだった。

魔王ルキエは両手で顔を覆ってうずくまるし、メイベルはあわあわと走り回っていた。

俺が事情を説明して、謝って、ふたりはやっと落ち着いた。

そして、事情を聞いた魔王ルキエは、俺を許してくれたんだ。

「お主に悪気がなかったことは理解した。許すので、普通にしておれ」

「申し訳ありませんでした。魔王陛下」

俺はまだ、勇者の世界を甘くみていた。

異世界から来た勇者は超絶の力をふるって、古《いにしえ》の魔王と戦い、魔族たちを北の地に追い払った。

彼らは間違いなく、世界を変えた。

その勇者たちの世界のマジックアイテムなら、予想外の効果があってもおかしくないのに……。

「……そこまで落ち込まずともよい。もうよいのだ、トール・リーガスよ」

魔王ルキエは困ったように、そう言った。

仮面とローブは、床に置いたままだ。正体を隠すのはあきらめたらしい。

俺の隣では、メイベルも正座している。

彼女は、魔王ルキエの素顔を知っていたそうだ。

他に素顔を見たことがあるのは、宰相のケルヴさん、身の回りの世話をするメイド。あとは魔王ルキエの家族だけらしい。

魔王ルキエが正体を隠していた理由、それは――

『魔王とは強力な闇《やみ》の魔力を持ち、皆に恐れられる、謎めいた存在でなければいけないから』

――それだけだった。

魔王領の南には、軍事大国のドルガリア帝国がある。

不戦協定を結んでいるとはいえ、それもいつまで続くかわからない。

帝国という脅威がある以上、魔王が弱そうな少女だと知られるわけにはいかない。

だから魔王ルキエは、顔と体格がわからなくなるように、『認識阻害《にんしきそがい》』の能力を持つ仮面とローブをつけていたのだそうだ。

「……それで、どうじゃった？」

魔王ルキエは横を向いたまま、言った。

「魔王領の支配者が貧相な小娘でがっかりしたか？　まぁ、仕方あるまい。小娘が『認識阻害』の仮面とローブで正体を隠し、魔王としてふんぞりかえっていたのじゃからな」

「ルキエさま、そのようなことは……」

「ごまかさずともよいのだ、メイベル。すでにこの者には素顔を見られてしまったのだからな。どうじゃ、トール・リーガスよ。この小さな、たよりない姿こそが魔王の正体じゃぞ」

魔王ルキエはそう言って、俺を見た。

確かに、小さな姿だった。

年齢は15歳だそうだけど、それにしても小柄だ。

身長も低いし、手足も細い。抱きしめたら折れそうだ。

「魔王がこんな姿では、帝国と張り合うことはできぬ。だから余は認識阻害のアイテムを使って、魔王っぽい姿に見せかけておったのじゃ」

魔王ルキエは話を続ける。

父である先代魔王が、若いうちに死んでしまったこと。

その娘であるルキエが、幼くして魔王の位についたこと。

『認識阻害』の仮面とローブをつけているのは、彼女が成長するまでの措置であること。

彼女には強力な闇の魔力があるが、なぜか身体《からだ》の成長が遅かった。

身長もなかなか伸びないし、体重も増えない。身体の起伏も少ない。

強力な魔術を使うことはできても、身体的には強くない。

もちろん、あと2年か3年もすれば、魔術的にも身体的にも強くなるだろう。

仮面とローブを外して、真の魔王として君臨することができるはず。

それまでは帝国に対する備えとして、それに、魔王領にもいる『強さしか信じない』者たちへの対策として、『認識阻害』の仮面とローブをつけることになっている。


──そんなことを、魔王ルキエは、ぽつりぽつりと話してくれた。

「昔は魔王が死ぬと、次の魔王は戦いで決めることになっておった。じゃが、ドルガリア帝国という脅威が生まれてからは、魔王領内で争いを起こすのは得策ではないということになってな。そのため、今は世襲制となっているのだ」

「ルキエさまは魔王にふさわしい魔力をお持ちなのです。ただ、お身体の成長が遅いだけで」

「なぐさめはいらぬぞ。メイベル」

魔王ルキエは自嘲《じちょう》するように、

「ありのままの余では国を治めることは難しいと、余もわかっておる。それゆえ余はケルヴの進言を容《い》れて、このような姿に化けておるのじゃからな。多種多様な種族を従えるのに、余の真の姿では不足だと……頭ではわかっておるのじゃよ」

「……ルキエさま」

「どうじゃ、トール・リーガスよ。余のこの姿を見てどう思う？」

魔王ルキエは胸に手を当て、俺を見た。

細い手が、かすかに震えていた。

「余は、外から来た者の意見が聞きたいのじゃ。遠慮なく申すがいい。魔王ルキエ・エヴァーガルドの姿を見て、お主はどう思ったのじゃ？」

「神の造形美を見た思いです」

俺は魔王ルキエに向かって、答えた。

「魔王陛下のお姿を見た瞬間、俺は自分の価値観をゆさぶられました。俺は錬金術師として、優秀な機能を備えたマジックアイテムこそが美しいものだと思っていたんです。いわゆる『機能美』というやつですね」

「…………は？」

「でも、魔王陛下のお姿を見て間違いに気づきました。魔王陛下とメイベルさん──魔王領の自然が生み出した美しさの前には、俺の作るアイテムの機能美なんて足元にも及ばないんですね。錬金術師として、力不足を恥じるばかりです……」

「な、な、なんじゃと⁉」

「陛下とメイベルさんの造形美、そして、勇者の世界のアイテムの機能美。その両方を魔王領で学ばせてもらえればと思います。どうか、これからもよろしくお願いします」

「い、意味がわからぬぞ⁉　なにを言っておるのじゃ、お主は⁉」

「思った通りのことを言っているだけですが？」

「ちょ、調子のいいことを言いおって……」

魔王ルキエの赤色の目に、涙が浮かんでいた。

彼女は両手の拳《こぶし》を、ぎゅっ、と握りしめる。

それから、顔を上げ、俺に向かって、叫ぶ。


「お主のように優秀で、神にも等しい錬金術の力を持つ者に、なにがわかる⁉　仮面をかぶり、自分を偽ってきた者のことが――」

「すいません俺も偽ってました。実は俺は客人じゃないんです。帝国は魔王領への人質――生《い》け贄《にえ》として、俺をここに送り込んだんです」


俺は言った。

魔王ルキエと、メイベルの目が点になった。

「ついでに言うと、俺はリーガス公爵家の恥さらしだそうです。父には『死んでこい』と言われました。しょうがないですね。帝国は強さがすべてですから。戦闘能力がなくて、攻撃魔術も使えない俺には、存在価値はないですから」

「な、な、な……」

「でも、魔王領に来られたのは幸運だったと思います。錬金術師として仕事ができるようになったんですから。自分で好きなアイテムを作る幸せと、それを使ってもらう喜びを、俺は魔王領で知ることができて──」

「お待ちください、トールさま‼」

不意にメイベルが声をあげた。

俺の手を握りしめて、ぐい、と顔を近づけてくる。

「今の話は本当ですか⁉ トールさまが魔王領に送り込まれた人質で……生け贄なんて」

「本当です。嘘《うそ》だと思ったら、帝国に問い合わせてみてください」

「いえ、そこまではしませんが……でも、理解できません」

「というと？」

「トールさまが人質として、この魔王領に送り込まれたのが事実だとして……どうして、それを打ち明けられたのですか？ ご自分が帝国からの使者だと思わせておいた方が有利ではありませんか。そうすれば帝国の力を後ろ盾として、無茶な要求を通すこともできたはずなのに……いえ、もちろん、トールさまがそんなことをする方でないのはわかっています……でも……でも！」

メイベルは、理解できない、というように頭《かぶり》を振って、

「使者の立場であれば、帝国がトールさまの後ろ盾になっていると主張できます。皆にそう思わせておけば、あなたの身は安全のはずです。なのに……ご自分が人質としてここに来たことを話してしまったら、後ろ盾を失ってしまうではありませんか……」

「そうですね。だから、秘密にしていてくれませんか？」

「……はい？」

「俺が魔王領に送り込まれた人質で生け贄だということがばれたら、魔王領の人たちからの扱いが変わりますよね？　帝国との関係も悪化するかもしれません。だから、秘密にしてくれませんか？　代わりに俺は、魔王陛下の秘密を誰にも言わないと約束します」

「……あ」

メイベルが口を押さえた。

後ろにいる魔王ルキエも、信じられないものを見るような顔をしてる。

ふたりとも、俺の言いたいことをわかってくれたみたいだ。

俺に、他人の秘密をばらすような趣味はない。

だけど、魔王ルキエにそれを信じてもらえるかどうかはわからない。

だから俺は自分の秘密と、弱みを明かすことにした。


——魔王陛下の秘密は守ります。だからこっちの秘密も守ってください。


その条件なら、魔王ルキエは俺を信じてくれるかな、って、思ったんだ。

魔王ルキエは、小柄な女の子だった。

自分に自信がなくて、仮面とローブで本当の自分を隠していた。

それが……帝国にいたときの俺と、どこか重なるような気がしたんだ。

「俺が帝国から送り込まれた人質だってこと、秘密にしていただけますか、魔王陛下」

「……ふ」

「秘密にしてくれたら、陛下の秘密を守るのはもちろんですが……陛下直属の錬金術師として、力を尽くすことを約束します。陛下のためにマジックアイテムをじゃんじゃん作りますよ」

「…………ふ、ふふっ。くくく」

「しょうがないですよね。陛下は俺の秘密をご存じなんですから。もちろんマジックアイテムを作るのは俺の趣味と実益を兼ねてますけど……どうですか？　俺の秘密、守ってくださいますか？」

「ふ……はは、はははははっ！」

いきなりだった。

魔王ルキエは、お腹《なか》を抱えて笑い出した。

子どものような、甲高い声で。

赤みがかった目から涙を流しながら、魔王ルキエは笑い続ける。

「は、はははははは！　トール・リーガス！　お主は、なんとばかなことを。自分から正体を明かしておいて……それを秘密にするのと引き換えに『陛下の秘密を守る』とは……ははっ！　はははははっ！　ははっ……なにを考えているのじゃ！　お主は‼」

「笑いすぎですよ魔王陛下。ひどいな」

「ひどいのはお主の方じゃ！　ばかもの‼」

魔王ルキエは涙をぬぐいながら、俺を見た。

「余の仮面とローブをはぎ取るのもひどいが、自分の正体の明かし方もひどい。ひどすぎる！　そんなやり方をされたら……余は、お主を信じるしかないではないか」

「信じてもらえるんですか？」

「今さらなにを言うか」

そう言って魔王ルキエは、ゆっくりと、俺の方に近づいてくる。

それからめいっぱい背伸びして、人差し指で、俺の額を、突っついた。

「信じるよ。お主は余を信じ、自分の秘密を打ち明けてくれたのじゃ。そんなお主を疑うようでは、余に人の上に立つ資格などないじゃろ？」

「魔王陛下は、立派な王さまだと思ってますけどね。俺は」

「またそのようなことを、お主はまったく……まったく！」

魔王ルキエはにやりと笑って、メイベルの方を見た。

「メイベルよ。お主もよいな。ここでの話は……外では一切、口外無用じゃ！　トール・リーガスは帝国から来た賓客であり、余の直属の錬金術師である。粗略に扱うことなきよう、城の者に徹底させる！　以上じゃ！」

「はいっ！　陛下！」

「それと、トール・リーガスよ」

「はい。魔王陛下」

「繰り返すが、余の正体とお主の正体については、この場だけの秘密であるぞ？」

「わかりました……って、あれ？」

なにか妙な言葉を聞いたような気がした。

魔王ルキエはにやりと笑って、

「つまり、この場では秘密にする必要はないということじゃ」

「そういうことですか……」

この『小型物置』の中では、お互いの正体をばらしていい、ということか。

ここは外部からは隔絶された、俺の結界みたいなものだ。

魔王ルキエが仮面を外してくつろぐには、もってこいの場所だもんな。

「わかりました。ここではお互い、正体を明かすということですね」

「うむ。代わりに、余は全面的にトールの味方となろう」

そう言って魔王ルキエは、俺の手を握った。

俺が思わず膝《ひざ》をつくと、金色の髪を揺らして、笑う。

まるで主従の誓いみたいだな……って、思った。

「まったく、笑いすぎて喉《のど》が渇いたのじゃ。メイベル、お茶をもらえるか?」

「はい。すぐに準備します……あ、そうです。トールさま」

名案を思いついたように、メイベルが、ぱん、と手を叩《たた》いた。

「この場所に椅子とテーブル、それと茶器を持ち込んでもいいですか?」

「いいですよ。スペースはありますから」

「ありがとうございます!」

「保管しておきたい茶器でもあるんですか?」

「いえ、ここでお茶会が開けたら素敵だな、って思いまして」

メイベルはメイド服のエプロンを握りしめて、うれしそうに、

「この場所なら、魔王陛下もトールさまも、ご自身のことを隠さずにお話しできますよね? でし

たら、ここの一角を、そのための場所にできたら……って思ったんです。もちろん、トールさまのお邪魔はいたしません。この『収納空間』の、ほんの片隅をお借りできたら……」

「そうじゃなー。そうできたら、楽しいじゃろうなぁ」

困った。

そんな訴えかけるような目をされたら断れない。

確かに俺も自分のことを気兼ねなく話せる場所は欲しいし、一緒にいるのがメイベルと魔王ルキエなら問題ない。それに、俺には魔王ルキエの正体をあばいた弱みもある。

ふたりにはお世話になってるし、しょうがないか。

「わかりました。ここをお茶会の場所として使ってください」

「ありがとうございます！」

「うむ！　感謝するぞ、我が錬金術師よ」

メイベルと魔王ルキエは俺の手を握って、笑った。

それを見ていたら、俺もなんだかうれしくなる。

まぁ、マジックアイテムは、使ってもらわないと意味がないからね。

ふたりが『収納空間』を活用してくれるなら、それでいいか。

「可愛《かわい》いテーブルクロスも欲しいですね。あとは、お湯を沸かすかまどですけど」

「トールはここを工房にするのであろう？　であれば、炉くらいは作るであろうに」

「そうですね。では、その火をお借りいたしましょう」

「クッションとベッドも欲しいのう。メイベル、予備はあるか？」

「あるはずです。すぐに手配いたしますね」

でも、ふたりともちょっと盛り上がりすぎじゃないかな？

「……あの。魔王陛下。メイベルさん」

「どうした、トール・リーガスよ」

「どうなさいました？　トールさま」

「あ、それから、余のことはルキエでよいぞ。もちろん、この3人でおる時に限るが」

「私のこともメイベルと呼び捨てにしてください」

「それはいいんですけど……ふたりとも」

この工房を、ふたりがくつろぐための隠れ家にしようと思っていませんか？

そんなことを訊《たず》ねようとしたのだけれど──

「『収納空間』が欲しいなら、魔王陛下とメイベルさんの分も作りますよ？」

「なにを言うか。余は、トールをもてなしたいだけじゃぞ」

「そうです。私もこの場所で、陛下とトールさまにリラックスしていただいて、おいしいものを食べて欲しいだけです」

「『収納空間』があったところで、トールとメイベルがいなければ意味はなかろう？」

「私が欲しいのはアイテムではなく、おふたりとの時間ですから」

「……降参です」

すごく「いい笑顔」の魔王ルキエとメイベルに、俺は白旗を揚げたのだった。

なお、この場所でのお茶会は『魔王城最高茶会《キングダムズ・ティータイム》』と名付けられ、魔王領を大きく動かしていくことになるのだが——

それはまだ、誰も知らないお話なのだった。

第14話「魔王ルキエと宰相ケルヴ、錬金術師トールのことで悩む」

――その夜、魔王城の玉座の間では――


「失礼いたします。魔王陛下」

一礼して、宰相ケルヴが玉座の間にやってくる。

青い髪。秀でた額。漆黒のマントは宰相の家系に伝わるものだ。それをまとった彼は、優雅な動きで魔王ルキエの前に進み出る。

宰相の一族は、勇者時代からの口伝を受け継ぐ語り部でもある。

その知識と教養を受け継いだ宰相ケルヴは、魔王領でも一、二を争う知恵者でもあるのだった。

「夜分にすまぬな。急ぎ、伝えておきたいことがあったのじゃ」

魔王ルキエは玉座に座り、じっとケルヴを見下ろしている。

これは非公式の打ち合わせと聞いていた宰相ケルヴは、魔王に呼ばれた理由を推察する。

「急ぎのご用件……となると、錬金術師トールどののことでしょうか？」

「さすがケルヴじゃ。察しがよいな」

「陛下は、あの錬金術師どのの器を見極めるとおっしゃっておりましたから」

「うむ。余はあの者が新しいアイテムを作るところを、実際に見た。それで、彼のことが少しわかったのでな」

「新しいアイテム？　どのようなものでしょうか？」

「落ち着いて聞くがよい」

「心得ております。多少のことで動揺するようでは、魔王領の宰相は務まりません。それで、トールどのは、また『健康グッズ』を作られたのでしょうか。今度は誰《だれ》を健康にしたのですか？」

「『健康グッズ』ではないな」

「となると、メイベルの時のようなアクセサリーですか？」

「いや、別次元にアイテムを収める『収納ボックス』じゃった」

「なんと、『収納ボックス』ですか。そうですか。別次元にアイテムを収める『収納ボックス』。勇者がよく使っておりましたな。無数のアイテムを収めることができる、無敵の『収納ボックス』を。なるほど、トールどのが『収納ボックス』を──作られたですとおおおおおおおっ⁉」

　玉座の間に、宰相ケルヴの叫び声が響いた。

　魔王ルキエは、彼をたしなめるように、

「いきなり大声を出すな。びっくりするではないか」

「びっくりしたのはこちらです！」

「多少のことでは動揺せぬと申したであろうに」

「限度があります！　陛下も、勇者が使っていた『収納ボックス』のことはご存じでしょう⁉」

「知っておる。アイテムを異空間に収納するスキルのことじゃ。『収納ボックス』『アイテムボックス』『収納空間』など、様々な名前で呼ばれておったそうじゃが」

「そうです。あれこそが、異世界勇者が強い理由のひとつでした」

ケルヴは、代々の宰相が語り継いできた口伝を思い出していた。

その中には当然、勇者の『収納ボックス』についての情報もあった。

異世界から来た勇者は、空中や小さな鞄《かばん》から、大量のアイテムを取り出すことができたのだ。

それは当時の魔族にとって、おそるべき脅威だった。

素手だと思ったら、いきなり大剣が出てきたり、傷を負わせたと思ったら小さなバッグの中から大量のポーションを取り出したりと、手に負えなかった。


『勇者を見たら、アイテムが100個出てくると思え』

これは今でも、魔王領に伝わることわざだ。


「そもそも『収納ボックス』とは、勇者でも所持していない者がいるほど、貴重な能力でした」

「知っておる。勇者全員があれを所持していたら、魔族は滅ぼされていたかもしれぬな」

「その恐るべき『収納ボックス』を……トールどのが作り出したとは……」

宰相ケルヴの顔から血の気が引いた。

「これはゆゆしきことですぞ、陛下！　トールどのが『収納ボックス』を独占するという事態は、なんとしても防がねばなりません‼」

「それは大丈夫だと思うぞ。ケルヴ」

「どうしてですか⁉」

「余とメイベルの分も作ると言っておったから」

ごすっ。


宰相ケルヴは、思わず柱に額を打ち付けていた。

「……作る。魔王陛下と、メイベルの分の……勇者の『収納ボックス』を。この世のレアアイテムの概念がこわれる……これから魔王領はどうなっていくのでしょうか……」

「まぁ落ち着け、ケルヴよ」

「すいません、取り乱してしまいました」

「いや、こちらこそおどろかせてすまぬ。トールから、ケルヴにも話を通しておくように頼まれておったものでな」

「私に？」

「トールは『魔王お抱えの錬金術師として、筋は通したいのです』と言っておった」

魔王ルキエは、笑いをこらえるような声で告げた。

「そして、トールは我ら魔王領の味方になると約束してくれた。それはとても重みのある言葉じゃったのだ。だから余は、彼を信じてみようと思う」

「それが……陛下が見極められた、彼の器ということでしょうか」

「そうじゃな」

「……自分も、トールどのは信頼に値する方だと思っております」

気を取り直すように頭《かぶり》を振って、宰相ケルヴはうなずいた。

「あの方はご自分が作った『フットバス』を、素直に提出してくださいましたから」

「あやつは……そういう奴《やつ》なのじゃ」

玉座でぱたぱたと両脚を揺らす魔王ルキエ。

「困ったものじゃよなぁ。あんな人間は見たことがないぞ。まったく、目が離せぬ。本当にあいつは困った奴じゃな！」

「魔王陛下」

「なんじゃ、ケルヴよ」

「トールどのと、なにかあったのですか？」

「……なにもないぞ？」

「いえ、陛下のご機嫌がよろしいように思えましたので」

「トールとは当たり前の話をしただけじゃ」

「当たり前のお話、ですか」

「そうじゃな。お互いの立場を超えて、わかりあうように話をした。それで、余はトールを信じることにした。それだけじゃ」

「わかりました」

宰相ケルヴは姿勢を正し、魔王ルキエに一礼した。

「私は魔王陛下に忠誠を誓っております。陛下がトールどのを信じると決められたのであれば、なにも申しません」

「うむ。ケルヴには、余も常に助けられておる」

「そう言っていただけてうれしいです。ところで、陛下」

「なんじゃ？」

「トールどのとメイベルを結婚させる話ですが」

「――な⁉」

「やはり、お気は進みませんか。ですが、トールどのをこの魔王領に縛り付けておくには、政略結婚が一番なのです。メイベルでも誰でもよろしいですが、婚姻を結ばせるべきかと」

「……婚姻」

「生まれた子を魔王領にとどめておけば、トールどのに対する人質にもなります。あの方を疑いたくはありませんが、保険は必要だと考えます」

「婚姻の後に、母と子を人質に……か」

「気が進まないのはわかります」

「ああ。気は進まぬ。それはやってはならぬことじゃと思っておる」

魔王ルキエは、トールが魔王領に人質――生け贄《いにえ》として送り込まれたことを知っている。

その彼を政略結婚させて人質を取るなど、できるわけがない。

それはトールの主君として、お互いの秘密を知る友として、絶対にやってはいけないことだ。

「トールの意思を無視しての政略結婚など、許すわけにはいかぬ。本人が魔王領の誰かと結婚したいと言い出したなら別じゃが、その子どもを人質に取るなどというやり方は許さぬ」

「ご気分を害されたのであればおわびいたします。陛下」

宰相ケルヴは素直に引き下がる。

「ですが、これは陛下と魔王領のためを思ってのこと。それだけは、ご理解ください」

「わかっておるよ。ケルヴ」

「ありがとうございます」

宰相ケルヴはまた、魔王ルキエに一礼した。

「私は……トールどのの錬金術の技があまりにすごくて、冷静さを失っていたようです。以後、気をつけます。申し訳ございませんでした。魔王陛下」

「冷静さを失ってはいかぬぞ。ケルヴよ。いきなりトールを結婚させるなど……まったく」

「ところで魔王陛下」

「今度はなんじゃ⁉」

「どうして、真横を向かれているのですか？」

「……外の景色《けしき》が気になっただけじゃ」

「こちらを向いていただけますか。できれば『認識阻害《にんしきそがい》』の仮面を外していただけると――」

「ええい！　乙女の内心へと踏み込もうとするでない！」

思わず、魔王ルキエは声をあげていた。

不思議だった。

『認識阻害』の仮面の下で、頬《ほお》が熱くなっていた。

宰相ケルヴの『トールとメイベルを政略結婚させる』という言葉を聞いてからだ。

思わず、ふたりがそうなったあとのことを想像してしまったのだ。

夫婦となったトールとメイベルが仲良くお茶を飲んでいる隣に、ひとり座っている自分。3人そろってのお茶会のはずなのに、それはとてもさみしい光景だった。

どうしてそう思うのかは……よくわからないのだけど。

「――すまぬ。余の方が冷静さを失ってしまったようじゃ」

「いいえ。私こそ、失礼なことを申し上げてしまいました」

「ケルヴが国のことを思ってくれているのはわかる。トールについては、余も気をつけておく。あやつが魔王領の利益を損なうことがあれば、すぐに知らせよう」

「ありがとうございます」

「ところでケルヴよ」

「はい。魔王陛下」

「トールが魔王領の利益を損なうようなことをすると思うか」

「しないでしょうね」

「じゃよなぁ」

そこは意見が一致しているらしい。

(だってあやつ、マジックアイテムを作ることしか考えてないもの)

本当に、困った奴だと思う。

だからこそ、側《そば》で見ていたい。

それは魔王ではなく、魔族の少女ルキエとしての想《おも》いだった。

「もう夜も更《ふ》けてきた。そろそろ余は休むことにする」

「お疲れさまでした。陛下」

「ケルヴこそ疲れたじゃろう。今日は、色々あったからの」

「色々ありましたからねぇ」

再びうなずきあう、魔王ルキエと宰相ケルヴ。

ふたりが思い浮かべたのは『色々あった』の原因——トールのこと。

宰相ケルヴは「とんでもない人物を帝国から迎えてしまった」と思いながら。

魔王ルキエは「目を離せない人物と出会ってしまった」と思いながら。

ふたりは玉座の間を出て行き、自室に戻ったあと——


「そういえば、メイベルはトールのことをどう思っているのじゃろう」

「政略結婚はともかく、メイベルの意思は確認しておく必要がありますね」


ふと、同じことをつぶやいた。

もう夜は更けている。話を聞くのは明日以降になるだろう。

そんなことを、魔王ルキエは乙女な理由で、宰相ケルヴは実務家の事情で考えて——

そうして、魔王城の夜は更けていったのだった。

第15話「魔王領での最初の夜」

――トール視点――


お茶会の約束をしたあと、メイベルは部屋にテーブルと椅子、ティーセットを持ってきた。

テーブルと椅子はかなり大きなものだった。

でも、『小型物置』は、しゅるん、という感じで、入り口より大きなテーブルと椅子を吸い込んでしまった。さすがは勇者の世界のアイテムだ。

その後、俺たちは『小型物置』の中で、お茶会の準備をした。

テーブルは桜色のテーブルクロスで飾り、椅子にはクッションを並べた。

メイベルは、お茶の葉を持ってきて、テーブルの脇《わき》に保管用のスペースを作製。

満足そうなため息をついたあと、汗ばんだメイド服の胸元をゆるめて――

「……あ」

俺の視線に気づいて、真《ま》っ赤《か》になった。

「す、すいません！　私、お茶会の準備に夢中になっちゃって……」

「い、いえ……」

メイベル、だんだん俺の前では気が緩んできてるような気がする。

「さきほどのことを思い出していたのです。私……あんなに楽しそうなルキエさまを見たのは初めてでしたから」

ふと、メイベルがつぶやいた。

「ルキエさまは小さいころから、魔王の後継者として育てられてきました。先代の魔王さまはお強い方で、ルキエさまにも厳しかったんです。先代の魔王さまは十数体の魔獣とも対等に戦えるお方で、ルキエさまにも、同等の力を求めていらっしゃいましたから」

「俺の家と似てますね」

俺は小さいころから、父親に鍛えられてきた。

というよりも、あれはただの虐待だったと思う。

父である自分と同じ戦闘能力を手に入れるまでは許さない、と、無理な訓練を続けてたから。

俺が動けなくなるまで木剣を振らせ続けたり、本職の剣士と手合わせをさせたりしていた。容赦なかった。あのままだと殺されると思った。

だから俺は公爵家を出るしかなかったんだ。

「でも、魔王陛下は強いんですよね？　強力な闇《やみ》の魔力をお持ちなんですから」

「もちろんです。魔術では、誰《だれ》もルキエさまには敵《かな》いません」

「だったら、本当の姿を隠す必要はないのでは……？」

「魔王領にも、身体的な強さしか信じない方はいるのです。そういう方にとっては、魔王さまのお姿は、やはり弱々しく映ってしまうのでしょう」

「そういう人は、どこにでもいるんですね」

「でも、いずれはみんな変わっていくと思います」

メイベルは少し考えてから、

「人間が召喚した勇者には敵わなかったっていう歴史がありますからね。力だけではどうにもならないことは、みんなわかっているんです」

「勝った帝国の方は、逆に力がすべてになっちゃってますけど」

「どこも、思うようにはいかないものですね」

俺たちは、なぜか同時にため息をついた。

「俺も弱いですからね。『物理的な強さしか信じない』人には、気をつけることにしますよ」

「ふふっ。そうですね」

「ちなみに、宰相さまは？」

「ケルヴさまはルキエさまのお味方です。気をつけた方がいいのは……火炎将軍のライゼンガさまでしょうか」

「どんな方ですか？」

「身長は2メートル弱。筋骨隆々とした体格です。髪は炎のように赤く、怒ると火を噴きます」

見てみたいけど怖いな。

「ライゼンガさまの一族は、火炎巨人《イフリート》の血を引いていて、魔王城でも武闘派として有名なのです」

「火炎巨人《イフリート》というと、大昔の魔王から火炎山の砦《とりで》を任されて、異世界の勇者と激闘を繰り広げたという、あの？」

「『火炎山　7日間の攻防戦』ですね。ライゼンガさまはその砦を守っていた火炎巨人《イフリート》の子孫で……だから、強さを尊重されているのです」

「俺は近づかない方がいいですね」

「でも、ライゼンガさまの一族すべてが、強さを重視しているわけではないのです……優しい方も、いらっしゃいます。優しすぎる方も、ですね」

メイベルは少し考え込むような仕草をしてから、そう言った。

それから、なにか思いついたように、

「そういえば、トールさまに魔王城をご案内する予定でしたね。明日で大丈夫でしょうか？」

「お願いします」

俺はこれから魔王領で暮らすことになる。

まずは城の中くらい、自分で歩き回れるようにしておきたいんだ。

「はい。よろこんで！」

メイベルは銀色の髪を揺らして、ぺこり、と頭を下げた。

それから、俺とメイベルは物置から出た。

あれこれ作業しているうちに、遅くなってしまった。

「いろいろとありがとうございました。メイベルさん」

「トールさま？」

「はい？」

「以前、言いましたよ。『メイベル』と呼び捨てにしてください、と」

メイベルはいたずらっぽい笑みを浮かべた。

「私はルキエさまから、トールさまを賓客として扱うように命じられています。魔王さまにとっての賓客とは、宰相や大臣と同等のもの。つまり、トールさまは私よりずっと上の地位にいらっしゃるのです」

「でも、俺はメイベルさんにはお世話に──」

ぴたり。

気づくと、メイベルが白い指を、俺の唇に当ててた。

それを彼女は、自分の唇に触れさせて、

「敬語もいりません。どうか、普通に話してください」

「……わかったよ。メイベル。これからよろしく」

「はい。トールさま！」

俺たちは顔を見合わせて笑った。

俺がこの魔王領に来て、今日が1日目。

なのに昔からここにいたように落ち着いてる。

帝都ではこうはいかなかった。貴族たちが「誰が強いか」で、いつも武を競っていた。文官や庶民たちもそれにならって──誰が偉いか、誰が威張っていいかを競っていた。

そういうのはひどく疲れるんだって、魔王領に来て気がついたんだ。

「……どうか、ずっとこの地にいてくださいね。トールさま」

不意に、床に膝《ひざ》をつき、メイベルは言った。

俺の手を捧《ささ》げ持《も》ち、それから、

「私はできれば……ずっと……トールさまのお側に……」

「……メイベル？」

「そ、それではおやすみなさいませ、トールさま！」

それからメイベルは立ち上がり、一礼して、部屋を出て行った。

びっくりした。まだ、心臓がどきどきしてる。

「魔王領に来て1日目だけど……色々あったな」

異世界の本も見つけたし、マジックアイテムも作ることができた。満足だ。

魔王領に来て良かった。

メイベルは『ずっとこの地にいてください』と言ったけど、多分、そうなると思う。

俺はもう帝国に帰るつもりはない。というか、帝国には俺の居場所はない。

だから魔王領の錬金術師として、この場所をもっと便利な場所にしていこう。

魔王ルキエやメイベルや——俺を受け入れてくれた人のために。

——そんなことを考えながら、俺は眠りについたのだった。

第16話「幕間《まくあい》：帝国領での出来事（2）」

――トールが魔王領に着いたころ、ドルガリア帝国では――


帝都の迎賓館《げいひんかん》で、貴族たちはパーティを楽しんでいた。

集まっているのは、帝国でも名だたる貴族たち。

中でも一番の注目を浴びているのは、公爵であるバルガ・リーガスだ。


「――おぉ、バルガ・リーガス公爵がいらっしゃったぞ」

「――さすが帝国第一位の貴族。堂々たる姿だ」

「――公爵は、帝国のためにご子息を魔王領への人質として差し出したそうだ。なんという忠誠心だろうか……」


公爵がパーティ会場を歩くと、貴族たちのささやきが聞こえてくる。

リーガス公爵の強さは、帝国貴族の中でも上位にある。

水属性の魔術で敵の動きを封じ込め、力任せに敵を斬るのが、彼の剣術だ。

その破壊力は、貴族の誰《だれ》もが認めるところだったのだ。

「やれやれ、わしも強くなりすぎたか。注目の的になるというのも面倒なものだな」

公爵は肩をすくめた。

「公爵さまほどのお方であれば、仕方のないことでしょう。帝国の領土拡大のためには、公爵さまのお力が、より一層必要となりますから」

その隣では公爵家の執事が、へつらうような笑みを浮かべている。

公爵はその言葉に満足そうに、

「まぁな。汚点だったあの者もいなくなったことだ。公爵家の栄光はこれからだろうよ」

「……汚点」

執事はおそるおそる、訊《たず》ねる。

「あの……公爵さま……トールさまの『錬金術』スキルについてなのですが」

「ああん⁉」

ぎろり、と、公爵が執事をにらんだ。

「奴《やつ》のことは言うな！　奴は魔王領へと向かい、人質となった。貴族として帝国の役に立った。それだけだ。二度とその名を口にするな‼」

「は、はいっ！」

「楽しい気分が台無しだ。なにか飲み物を持ってこい！」

「しょ、承知いたしました！」

一礼して、執事は飲み物が置いてある場所へと走り出した。

公爵は息を整え、表情を戻す。服装をチェックする。主賓の登場に備えるためだ。

今日のパーティには第3皇女のリアナ殿下が出席する。

公爵は最初にあいさつをすることになっているのだ。


「おお、殿下がいらっしゃったぞ‼」


しばらくすると広間の扉が開き、ドレスをまとった皇女が姿を現す。

桜色の髪に、青色の瞳《ひとみ》──帝国第3皇女のリアナだ。

彼女は勇者時代の秘宝である聖剣に認められた『聖剣の姫君』でもある。

年齢は16歳。

強いだけではなく、美しい。その上、強力な光の魔力を持っている。

そのリアナ皇女は広間を見回し、バルガ・リーガス公爵の方を見て、

「──この場にふさわしくない方がいますね。退出させてください」


氷のような視線を向けたあと、手を振った。

「「……承知いたしました」」

衛兵たちが、公爵の腕をつかんだ。

「リーガス公爵さま。リアナ皇女殿下のご命令です。ご退出ください」

「な、なにを言っている⁉　わしは公爵、バルガ・リーガスだぞ⁉」

「存じております。どうか、こちらへ」

「ええい放せ‼」

公爵は衛兵の手を振り払い、皇女リアナの前に出る。

「殿下！　どうしてわしが出ていかねばならぬのです！　わしになんの罪があるのですか⁉」

「リーガス公爵……私は、あなたとは話をしたくないのですが」

「わしがなにか、殿下の意に沿わぬことをしたのでしょうか……？」

「……よく、そのようなことが言えますね」

皇女リアナが、公爵を見た。

青色の瞳が、怒りに燃えていた。

「私と仲間を危険にさらしておいて……よくもそのような言葉が出てくるものです」

「危険？」

「私は公爵家に、魔法剣の修理について依頼をしたはずです。覚えておりますか？」

「は、はい」

公爵はうなずいた。

確かに、宮廷からそんな依頼を受けたような気がする。

ちらりと見たあとで、執事に書類を回したはずだったが――

「私は修理は完了したとの報告を受け、魔法剣を受け取りました。ですが、剣は私の魔力に耐えきれず、修理した部分から刃こぼれが起き……ばきん、と、砕けてしまったのです」

「な、なんと⁉」

「しかも、魔獣と戦っているときに」

皇女の言葉に、周囲の貴族たちがざわめく。

ここにいる貴族たちは戦闘スキルを持ち、魔獣との戦いも経験している。

戦闘中に武器が壊れることがどのような意味を持つのか、彼らにもわかっているのだ。

「私は危うく命を落とすところでした。助かったのは、かばってくれた仲間のおかげです」

皇女は目を伏せた。

「あとで調べたら、魔法剣が砕けた理由がわかりました。欠けた部分に、ただ金属片を継いだだけだったのです。その部分が魔力の流れをさえぎり、結果、剣そのものが崩壊してしまったのです。その修理をしたのはリーガス公爵家で間違いありませんね？」

「お、お待ちください……」

公爵の頭が真っ白になった。

まわりの貴族たちの声が聞こえる。


「──まぁ、リーガス公爵家がそんないい加減な修理を？」

「──魔法剣の修理が難しいのはわかるはずだ。できないならできないと言えばいいのに……」

「──戦闘中に剣が折れることが、どれほど危険かわからないのか。公爵は」

公爵は、目の前で起きていることが信じられなかった。

リーガス公爵家は目障りだったトール・リーガスを排除した。彼を他国への人質として差し出したことは、貴族たちの評判にもなっている。帝国に貢献したのだから当然だ。

公爵家は、これから栄光の道を駆け上がるはずなのだ。

皇女から責められ、貴族から後ろ指をさされるなど、あっていいはずがなかった。

「それは……修理を担当した錬金術師が、いい加減な仕事をしたに決まっております‼」

公爵は叫んだ。

「錬金術師など、ちょっと変わった鍛冶屋《かじや》のようなものです。いい加減な修理をして、それをごまかせると思ったのでしょう。罰せられるべきは錬金術師ではありませんか⁉」

「私は確認のため、修理を担当した工房に使いを出しました。すると、こんな書類が返ってきたのです」

リアナ皇女は侍女に向かってうなずいた。

侍女は手にしていた羊皮紙を、皇女に手渡す。

皇女はそれを広げ、すべての貴族にわかるように示した。

「書類にはこう書かれております。『魔法剣の完全な修理は難しい。ゆえに、リーガス公爵家は、見た目だけの修理を工房に依頼する。責任はすべて、リーガス公爵家が取る』と。公爵家の印と、公爵家執事のサインも添えて」

「────な⁉」

「「「おおおおおっ⁉」」」

会場がどよめいた。

さらに皇女は続ける。

「工房の錬金術師は言っておりました。魔法剣は途中まで修理されていたと。ただ、ちいさな欠損があったために、そこから折れることになったのだろうと」

皇女がうなずくと、侍女が砕けた魔法剣を差し出した。

刀身のほとんどが砕けていた。残っているのは一部分だけだ。

「不思議ですね。砕けずに残っているのは、その『完全な修理』をした部分だけなのです。その部分だけが私の『光の魔力』に耐えてくれました。おかげで、私は魔獣の爪をなんとか受け止めることができたのです。そうでなければ、命を落としていたかもしれません」

「で、殿下は魔法剣を、儀式に使われるのではなかったのですか……？」

「最近、『光の魔力』が強くなってきたので、儀式のあとで魔獣の討伐を行うことになったのです。公爵家にもその連絡はしたはずですが？」

「……う、うぅううう」

「私は魔法剣の『完全な修理』をされた方に、命を救われたようなものです。錬金術師にも使える者はいるのですね。その者を私の道具としたいのですが、名前と居場所を教えていただけますか？」

皇女の問いに、公爵は答えられなかった。

彼はその剣を誰《だれ》が、『完全に修理』したのかを知らなかった。

知っていたとしても言えなかっただろう。

魔法剣を正しく修復した錬金術師が自分の息子で、それを魔王領に追放したなどということは。

「……そ、その剣を最初に修復したのは……おそらく流れ者の錬金術師でしょう」

公爵は、そう答えるしかなかった。

「その者に、わしは関わっておりません。行方《ゆくえ》は……存じません」

「そうですか。残念です」

皇女はため息をついた。

「いずれにせよ、あなたの顔は見たくありません。出ていきなさい。しばらく、皇家の者の前に出るのは控えるように願います」

「で、殿下⁉」

「話はここまでです」

皇女リアナは公爵に目もくれず、その横を通り過ぎた。

「皆さま、お騒がせしてすみませんでした。パーティを続けてください」

皇女がそう言うと、止まっていた音楽が流れ始める。

貴族たちは会話を再開する。話題はもちろん、今の一幕についてだ。

皮肉交じりの声が響く中、衛兵たちは公爵を、建物の外へと引っ張っていく。

放心状態のリーガス公爵は、抵抗さえできない。

そのまま迎賓館の外へと連れ出され、ただ、放置された。

それだけだった。

「こ、公爵さま……」

気づくと、真っ青な顔をした執事が、公爵の隣に立っていた。

「……貴様……なんてことをしてくれた！」

公爵は叫んだ。

「魔法剣を、見た目だけ修理しただと⁉　その上、公爵家がそれを指示したことがわかるような証拠を残すとは……わしが恥をかいたのは貴様のせいではないか‼」

「も、申し訳ありません‼　ですが……直すのは不可能だと、私は……」

「うるさい！　貴様の顔は見たくない。しばらく謹慎していろ！　追って処分する‼」

「そ、そんな⁉」

「おお、馬車と護衛の兵士が来たな。ちょうどいい」

騒ぎを聞きつけた公爵家の馬車が、迎賓館の前にやってくる。

「こいつを連れて行け。二度と、わしの前に現れぬようにせよ」

公爵は、自家の兵士に向かって告げた。

兵士たちはうなずき、執事を引きずって行く。

「こ、公爵さま……お許しを……」

遠ざかっていく執事の声を聞きながら、公爵は馬車に乗り込んだ。

「今回の事件――いや、事故で、公爵家の名誉は地に落ちた。だが、挽回《ばんかい》の手段はある」

成果を上げる。

バルガ・リーガスが存在していることが、帝国には大きなメリットであることを示すのだ。

「まだ終わったわけではない。これから帝国に大きな利益をもたらせば、わしの名声は取り戻せるはずだ。こんなことで、わしの栄光が終わるわけが……」

そんなことをつぶやきながら、公爵は屋敷に向かうのだった。

第17話「魔王城を案内してもらう」

――トール視点――

魔王領に来て、２日目の朝。

「おはようございます。トールさま」


ベッドの上でぼーっとしていたら、ノックの音とメイベルの声がした。

そういえば今日は、彼女に魔王城を案内してもらう予定だったっけ。

「おはよう、メイベル。今日もよろしく」

「よろしくお願いいたします。朝食をお持ちしてよろしいですか？」

「お願いするよ」

俺が答えると、しばらくしてメイベルが、朝食を持ってやってきた。

今日のメイベルは、銀色の髪を後ろでまとめている。エプロンも洗い立てで、表情にも、なんだか気合いが入っている。

どうしたのか聞いてみると、

「きょ、今日はトールさまにお城の中をご案内するのだと思ったら……早めに目が覚めてしまったので。髪を整えて、エプロンのしわを伸ばしておりました……」

——ということ、らしい。

そんなに気を遣わなくてもいいのに。

ちなみに、朝食のメニューは堅焼きパンと玉子焼きとサラダだった。

それに、淹《い》れたてのお茶がついてきた。

パンはちょっと固いけど、甘い木の実が練り込んである。玉子焼きはコクがある。お茶は目の前でメイベルが用意してくれたから、とってもいい香りがしてる。

メイベルに「一緒に食べよう」と言ってみるけれど、彼女は申し訳なさそうに首を横に振った。

食堂でもう食べてきたそうだ。

ちなみに、魔王城にはいろいろな種族の者が住んでいて、それぞれ食事のメニューも違うらしい。

「トールさまのメニューは、魔王陛下と同じものです」

お茶を噴きそうになった。

いくら賓客扱いといっても、魔王と同じって……立派すぎるだろ。

「お口に合いませんでしたか？」

「すごく美味《おい》しいよ。もうちょっと質素でもいいくらい」

「そういうわけにはまいりません」

「そうなの？」

「トールさまは魔王領の賓客で、陛下直属の錬金術師です。満足いただけるものをお出ししなくては」

「普通の料理でも満足だよ。帝都に住んでたときもそうだったし」

「帝都の朝食はどのようなものだったのですか？」

「3日前に買ったパンを、ミルクに浸して少しずつ食べてた」

「でしたら……なおのこと魔王領で栄養を取っていただかないと」

メイベルは、むぅ、と頬《ほお》をふくらませた。

「料理長さんもはりきっておられましたよ？　人間の世界のお客人に、こちらの料理を食べてもらいたい。感想を聞かせてもらって、人間の料理を学びたいっておっしゃっていました」

気が合いそうな料理長さんだった。

「あとでその人に会わせて欲しいな」

「承知しました。では、お城を回るときに厨房《ちゅうぼう》にも寄りますね」

「それと、やっぱり魔王領の人って勉強熱心なんだね」

「魔王領は、人間と、異世界の勇者に敗れた経験がありますから」

メイベルは少し考えてから、そう言った。

「『人間の世界から学ぼう。適材適所で、できることをやっていこう』──それが今の魔王領のスローガンです」

「じゃあ、俺は魔王領で勉強させてもらうよ。その前に、お茶のおかわりをくれるかな？」

「はい、トールさま」

そんなことを話しながら、俺は食事を楽しんだ。

メイベルの話は面白かったし、彼女は興味深そうに、俺の話を聞いてくれた。

そうして、のんびりした時間を過ごしたあとで――

俺はメイベルに案内されて、魔王城を見て回ることになったのだった。


「まずは、エントランスの場所を覚えてください。ここからお城のすべての場所に行けますので」

メイベルが案内してくれたのは、魔王城の正門から入った先にある広間だった。

正面と左右に階段があり、壁際には大きな彫像がある。

城の入り口には、槍《やり》を持ったミノタウロスたちが立っていた。

道に迷ったらあの方たちに聞くといいですよ、と、メイベルは教えてくれた。

「トールさまのお部屋は西棟の3階です。私たちメイドのお部屋は、同じ西棟の1階です。ご用のときは呼び出してくださいね。すぐに飛んでまいりますので」

俺の手を握りながら、メイベルはそう言った。

尖《とが》った耳の先が赤くなってる。

俺の案内はメイドとしての正式な仕事だから、緊張してるのかもしれない。

それでもメイベルは熱心に、城の説明を続けてくれる。

「あの大きな階段は？」

俺は正面にある階段を指さした。

「すごく立派な造りだけど、もしかして、魔王陛下がいる場所に通じてるの？」

「はい。玉座の間と、魔王さまの居室や執務室に繋《つな》がっています」

「登るときは許可を取ってからの方がいいかな」

「そうですね……でも」

メイベルは、俺の耳元に唇を寄せて、

「……陛下はトールさまの訪問を喜ばれると思いますよ。ただ、他の方の手前がありますから、許可を取ってからの方がいいですね」

「うん。わかった」

来客中だったり、執務中だったりするかもしれないからね。

「階段の横にある彫像は、誰《だれ》のものなのかな？」

「あれは初代魔王さまの像です」

メイベルは中央階段に近づき、彫像の前で膝《ひざ》をつく。俺も、同じようにする。

広い中央階段の横には、女性の姿をした彫像があった。高さは、2メートル半くらい。

耳の後ろには大きな角があり、鎧《よろい》とマントを身につけている。

彫像本体は石でできているけど、持っている剣は金属製だ。

「初代の魔王さまが手にしているのは、天から降ってきた石で造られた魔剣でした。初代魔王さまはその剣で、異世界から来た勇者と戦ったと言われています。ですが、あそこにあるのは……」

「形を似せた、レプリカの魔剣？」

俺は小声で、メイベルに言った。

メイベルは、こくりとうなずいてから、

「さすがトールさまです。一目で見抜いてしまうなんて」

「わかるよ。あの剣からは、魔力を感じないから」

『鑑定把握』スキルのおかげで、なんとなくわかる。

彫像が持っているのは、魔剣に形を似せた飾り物だ。

「魔剣は、異世界から来た勇者との戦いで折れて、行方不明になったと言い伝えられています」

彫像を見上げながら、メイベルが教えてくれる。

「勇者が持ち去ったとか、能力を失ったので捨てられたとも言われております。現在は、どこにあるのかわかりません。残念ですけれど……」

「うん。残念だ」

「魔族の宝物ですからね。ぜひトールさまにもお見せして――」

「城にあったら、ぜひ修復してみたかったのに――」

「え？」

「え？」

俺とメイベルは顔を見合わせた。

それから、メイベルは考え込むように、

「初代魔王さまの剣ですよ？　いくらなんでも修復は――いえ、トールさまなら可能かもしれませんけれど……」

「まぁ、行方不明になったものはどうしようもないよね」

「世界のどこかにはあると思います。見つかったら、きっと魔王さまはお喜びになるでしょうね」

「そうだね」

ふと、仮面を外した魔王ルキエが、魔剣を手に大喜びしてるところが頭に浮かんだ。

うん……機会があったら探すことにしよう。

いや、それよりも、初代魔王の魔剣を超える剣を作る方がいいな。

魔王ルキエは身体《からだ》が小さい分だけリーチも短いから、戦うときに危なくないように。たとえば剣が伸びるようにするか、剣から闇《やみ》の魔術が飛び出すようにするか——

「……そういう魔剣なら、魔王陛下にぴったりかな？」

「魔王陛下の魔剣を作られるおつもりなのですか？」

気づくと、メイベルが優しい笑みを浮かべて、俺の方を見ていた。

「そうだよ。自分専用の魔剣があれば、陛下も喜ぶかな、って」

「はい。きっと、喜んでいただけると思います」

メイベルは俺の手を取った。

「私にできることがあったらおっしゃってくださいね。協力は惜しみませんから」

メイベルが俺の耳元でささやいた。

腕にやわらかい感触が——と思ったら、メイド服の胸が、俺の腕に触れていた。思わず離れようとするけれど、メイベルはしっかりと俺の腕を抱きしめている。思わず頬《ほお》が熱くなるのを感じながら、俺はメイベルにうなずき返す。

ふと、耳を澄ませてみると——

「……めぃべるさまが、とぉるさまに抱きついておられる」

「……しあわせそうなおかおを」

「……めぃべるさまととぉるさまのあいだに、一体なにが……？」


ミノタウロスたちが、ちらちらとこっちを見ていた。

それに気づいたのかメイベルは、ごまかすように咳払《せきばら》いをして、

「そ、それでは案内を続けますね」

「う、うん。頼むよ」

「次は厨房かお風呂場《ふろば》がいいですね。それでは──」

そう言って、メイベルが歩き出そうとしたとき──


「なんと！　あれが帝国からの客人か⁉　ずいぶんと弱々しいのだな‼」


エントランスに大声が響き渡った。

東側の階段から、巨人のような人物が降りてくる。

最初に見えたのは、太い足だった。

続いて現れたのは、赤銅色の胴体だ。むき出しの上半身は分厚い筋肉に覆われ、周囲に陽炎《かげろう》のようなものが立っている。最後にヒゲを生やした顔が現れる。

男性の身長は2メートル弱。髪は真っ赤《まか》で、炎のように揺れている。

もしかしてこの人が、メイベルの言っていた──

「火炎将軍のライゼンガさま……？」

「ほほぅ、我が名を知っていたか」

赤い髪の男性は、歯をむき出して笑った。

「いかにも、我は陛下にお仕えする将軍の一人、火炎将軍のライゼンガである。帝国からの客人が来たというので顔を見に来たのだ」

「ごていねいに、ありがとうございます」

俺は貴族の作法で、ライゼンガ将軍に一礼した。

「ドルガリア帝国から来た錬金術師、トール・リーガスと申します。以後、よろしくお願いします」

「名はわかった。だが、わざわざ見に来るほどのものではなかったな。我が娘も興ざめであろう」

火炎将軍ライゼンガの隣に、鎧を身にまとった人物がいた。

頭には兜《かぶと》。身体にはフルプレートの鎧。両足も、金属製の脚甲に覆われている。

顔どころか、肌の色さえもわからない。

「一応は紹介しておこう。こやつは我が娘で、名をアグニスと申す」

「……はじめまして」

小さな声がした。

鎧の人物の身長は、俺と同じくらい。ライゼンガ将軍の後ろで身を縮めている。

彼女の肩に手を乗せて、ライゼンガ将軍は、

「見るがいい、アグニスよ。武門の国である帝国から来た者ならば、さぞ強力な戦士なのだろうと思っていたが……なんとも弱そうな少年だな」

「お、お父さま」

「これでは、戦闘の役に立ちそうもない。そうではないか？」

「そうですね。俺は戦闘向きではないです」

俺は言った。

「ははっ。それは残念だ」

ライゼンガ将軍は、喉《のど》を反らして笑った。

「帝国の戦士ならば、我が娘と手合わせをさせたかったのだがな。大国である帝国の者が、どれほど強いか、我が娘に確かめさせるのも一興と」

「お父さま！　それはあまりに失礼では……！」

「気を鎮めよ、アグニス。炎が漏れておるぞ」

ライゼンガ将軍の言う通りだった。

鎧をまとった人物──アグニスの兜から、かすかに炎が噴き出してる。

それを手の平で押さえて、火炎将軍ライゼンガは語り続ける。

「客人よ。名はなんと言ったか？」

「トール・リーガスです」

「ではトール・リーガスよ。帝国の強者《つわもの》の名を教えてくれ。我は国境近くの山岳地帯を領地としており、帝国の者と会う機会も多い。強者がいるなら、ぜひとも手合わせしたいのだ」

「ライゼンガさま！」

不意に、メイベルが声をあげた。

メイド服のスカートを握りしめて、ライゼンガ将軍をにらんでいる。

「トールさまは賓客であり、魔王陛下直属の錬金術師でもあります。呼び捨てにされるのは無礼かと存じます！　それに、このような場で、帝国の情報を探ろうとするべきではありません‼」

「賓客か。確かに、人間の世界から学ぼうとする陛下のお考えは尊い」

ライゼンガ将軍は俺とメイベルを交互に見て、うなずいた。

「だが、我はやはり、帝国の強さと戦闘力に学ぶべきだと思うぞ。我も娘のアグニスも、戦いの場であってこそ力を発揮できるのだからな」

「魔王陛下は、平和な世界を望んでいらっしゃいます」

「それで戦えもせぬ者を賓客としてあつかっているのか。だが、限度というものがあろう」

ゆっくりと階段を降りてきたライゼンガ将軍が、俺の前に立った。

大きい。

腕も太い。一振りでこっちを吹き飛ばすことができそうだ。

「トール・リーガスよ。お主はなにができる？　戦えもせぬのに、どうやって魔王領の役に立つつもりだ？」

「錬金術スキルで、将軍の娘さんの鎧を調整することができます」

ライゼンガ将軍の深紅の目を見返して、俺は答えた。

さっきから、将軍の娘さんが着てる鎧が気になってた。

ライゼンガ将軍は『火炎巨人《イフリート》』の血を引いている。だとすると、娘さんも同じだろう。

なのに、彼女が着ている鎧《よろい》は『火炎耐性』を持つものだ。

『火炎巨人《イフリート》』は火の魔力と、炎を扱うのを得意とする。その血を引く者が全身を、『火炎耐性』を持つ鎧に覆われているのは窮屈な気がする。自分を封じる服を着ているようなものなんだから。

鎧に付加されている属性は『地』だろう。

アイテムに火炎耐性をつけるには、地属性を付加するのがセオリーだ。

水属性はすばやく火を消すのには向いてるけど、長時間耐えるのには向いてない。水属性が強すぎると水蒸気が噴き出すし、弱すぎると火に負けて消えてしまったりするから。

その分、地属性は安定している。大地には高温でないと溶けない鉄や岩があるからだ。おそらくそれを象徴する地属性を重ねることで強度と、耐熱性を上げてるんだろう。

……興味深いな。

「その鎧は炎と熱に耐えきれずに、接続部分がゆるんでいるように見えます。俺は錬金術師です。その鎧を強化することができます。お望みなら、やってみてもいいのですが」

『地属性』がダブルで付加された鎧は、かなりのレアアイテムだ。

それが壊れるのは見たくない。ぜひ調べて修理したい。

「俺はそのようなやり方で、魔王領の役に立つつもりでおります。いかがでしょうか、将軍さま」

「……余計なお世話だ。人間の錬金術師よ」

けれど、ライゼンガ将軍は、深紅の目で俺をにらんだだけだった。

「ひ弱な錬金術師などに、娘の衣服を触れさせさせるわけがあるまい」

「お父さま！　そのようなことをおっしゃっては……」

「戻るぞ。アグニス。無駄足であった」

言い捨てて、ライゼンガは階段を上がっていく。

将軍の娘さん──アグニスは父親の後を追おうとして、途中で足を止めた。

それから俺の方を見て、深々と頭を下げた。

俺が会釈を返すと、アグニスは父親の後を追って、階段を駆け上がっていった。

「「……はぁぁ」」

ふたりの姿が見えなくなると、門番のミノタウロスたちがため息をついた。


「すごいですな。とぉるどの」

「らいぜんがさまを前に、一歩も退《ひ》かないとは。おどろき」

「なんと……ゆうかんな」


違います。

あの鎧に意識を向けることで、将軍の迫力をスルーしてただけです。

「すごいです……トールさま」

気づくと、メイベルが俺の顔をのぞき込んでいた。

「ライゼンガさまは魔王領で五本の指に入る強さをお持ちです。そのお方に堂々と反論するなんて……どれほどの勇気をお持ちなのですか」

「勇気じゃないと思うよ。あの鎧に注意を引っ張られてただけだから」

「鎧に、ですか」

「それに、俺は弱いからね。ある程度以上強い相手なら、どれも同じだよ」

強い相手は帝国でさんざん見てきたからな。

まわりにいた貴族は、戦闘スキルのない俺なんか、一撃で殺すことができる者ばっかりだった。

そういう相手と向き合っているうちに、感覚が麻痺《まひ》してしまったらしい。

「はい。それでは、魔王城の案内を続けますね」

緊張した空気を払うように、メイベルは笑顔でうなずいた。

「まだまだ、トールさまには見ていただきたいところがあるんです。まずはバルコニーに行って、魔王領の景色《けしき》を見ていただきましょう。そのあとは厨房《ちゆうぼう》です。そろそろお昼の仕込みが始まっているころです。つまみ食いができるかもしれませんよ？」

「わかった。お願いするよ。メイベル」

ライゼンガ将軍と、その娘のアグニスさんのことも気になるけど……。

でも、それはここで話すようなことじゃない気がする。

案内が終わったら聞いてみよう。メイベルならたぶん、色々と教えてくれると思う。

そんなことを考えながら、俺は『魔王城案内ツアー』を再開したのだった。

第18話「少女アグニスの悩みを聞く（1）」

「これで本日の『魔王城案内ツアー』はおしまいです。お疲れさまでした」

数時間後、俺はメイベルとともに自室に戻ってきた。

彼女のおかげで、城のほとんどを見て回ることができた。

バルコニーでは、魔王領の景色を楽しんで。

ドワーフの料理長が管理する厨房では、ふかしたイモを分けてもらって。色々な調理道具を見せてもらって。

図書室では城の蔵書を読ませてもらって。

魔王ルキエの執務室に寄ってあいさつをして。宰相のケルヴさんとも顔を合わせて。

1階の大浴場に案内してもらって（まだ沸いていないので、見学だけ）。

――そうして俺たちは、部屋に戻ってきたのだった。

「すごく参考になったよ。ありがとう。メイベル」

「どういたしまして。案内が必要なときは、いつでもおっしゃってくださいね」

メイベルは笑った。

「トールさまがこれからよく使われそうなのは……お風呂《ふろ》場でしょうか」

「そうだね。お風呂は好きだから、使わせてもらおうと思ってるよ」

「あの場所は自由に使っていただいて大丈夫です。ただ、入り口に『入浴中』の札が出ているときは注意してくださいね。他の方と出会うことも多いと思いますので」

「気をつけるよ。ありがとう」

「それと……将軍さまと、アグニスさまのことですけど」

ライゼンガ将軍と、その娘のアグニスさんか。

将軍ににらまれたのも気になるけど、アグニスさんの鎧の方が気になるんだよな。

「……トールさまには、お話ししておきます。実は──」

メイベルが言いかけたとき、ノックの音がした。


「失礼いたします。トール・リーガスさま。メイベル・リフレインはおりますでしょうか？」


「メイド長？　少し失礼しますね。トールさま」

メイベルがドアを開けると、額に角の生えたメイドが廊下に立っていた。

「どうされましたか。メイド長」

「魔王陛下がメイベルをお呼びです。重要な相談があるそうです。『ティーカップは3人おそろいにした方がいいのではないか？』だそうですが……」

「もぅ。陛下ったら」

メイベルが笑みを浮かべて、俺の方を見た。

俺はうなずいた。

「行っていいよ。メイベル。ちなみに俺はおそろいがいいと思う」

「承知いたしました。トールさま」

メイベルはメイド服のスカートをつまんで、一礼。

それからメイド長と一緒に、魔王ルキエの執務室の方へと歩き去った。

「それじゃ俺は、倉庫の整理でも──」

と思ったけど、今日は城内を歩き回って疲れてる。

慣れない場所だからか、妙にくたびれた。汗もかいている。

着替えて、ゆっくりしたいところなのだけど──

「お風呂……そろそろ使えるかな」

確か風呂場は、自由に使っていいんだよな。

あそこは魔王や高官が使う場所だけれど、ルキエには個人用の浴室があるし、他の高官──たとえば、ライゼンガ将軍なんかは、川での水浴びで済ませてしまうそうだ。

だから使う者は少ないって、メイベルは言ってたっけ。

……行ってみるか。

せっかく魔王城の歩き方を教えてもらったんだ。忘れないうちに復習しよう。


風呂場は魔王城の1階にあった。

両開きの扉には『入浴者なし』の札がかかっている。扉の横には掲示板があり、そこには入浴可能な時間と、主に使う人たちの名前が記されている。

お風呂が使えるのは午後6時から。それ以前は、行水なら可能。

6時から8時までは使用者が少ない。10時以降は宰相さんなどの、魔王の腹心が利用する。

扉を開けたところにあるのが休憩スペース。その向こうが脱衣所。

左側が男湯で、右側が女湯。ただし魔王ルキエが使用する場合は、男湯・女湯ともに使用禁止になるそうだ。これは彼女の正体を隠すためだろう。

他にも『酔っ払っての入浴禁止』『鱗《うろこ》を持つ種族は、隣の人の肌を傷つけないように』『人魚は20分以上の潜水禁止』『使い魔との混浴禁止』――様々な種族が一緒に入ることもあるからか、細かいルールが記されている。

今は6時ちょっと過ぎ。お風呂の使用可能時間内。『入浴中』の札はなし。大丈夫そうだ。

俺は風呂場のドアを開けた。

予想通り、休憩スペースには誰《だれ》もいない。

これなら落ち着いて汗を流せるかな――と、思って足元を見たら、鎧が落ちていた。

火炎耐性を持つ鎧だった。

隣には兜《かぶと》と手甲、脚甲もある。

ライゼンガ将軍の娘、アグニスさんがつけていたものだ。

こうして近くで見ると、詳しい情報がわかる。この鎧には、『地属性』がふたつ付加されている。

やっぱり、地属性を重ねることで強力な火炎耐性を実現しているんだ。素材は……動きやすいように、やわらかめになってるらしい。かなりの貴重品だ。

でも、やっぱり鎧の接続部分がゆるんでいる。

おそらく、強力な火炎を浴び続けているんだろう。

錬金術師としては修復してみたいけど――鎧の持ち主はライゼンガ将軍の娘さんだ。勝手に触れたらただじゃ済まない。

それより……持ち主はどこにいるんだろう?

風呂場のドアには確かに、『入浴者なし』の札がかかってた。

それに、ここは休憩スペースだ、服を脱ぐ場所じゃない。

そんなことを考えながらまわりを見ると……休憩スペースの隅に、小さなドアがあった。

開きっぱなしのドアの上には『サラマンダーの湯わかし場』の文字がある。風呂のお湯は、この部屋で沸かしているらしい。

サラマンダーといえば火炎巨人《イフリート》の配下だ。

アグニスさんが訪ねて来てもおかしくない。

それに……昼間のライゼンガ将軍の様子を見ると、あいさつもしないで素通りしたら怒りを買うような気がする。

お風呂を使わせてもらうんだから、せめて一声かけるべきだろう。

そう思って、開いたままのドアに近づくと――

「こ、こら。いたずらしちゃだめだよ! もーっ」

はしゃぐような声がした。

薄暗い部屋の中を、３体のサラマンダーが飛び回ってる。

サラマンダーの大きさは１メートル前後。赤い鱗を持つトカゲで、背中にはコウモリのような羽がある。

深紅の炎をまとい、息をするたび、口と鼻から火炎が噴き出している。

彼らはかまどに向かって火を吐きながら、まわりをくるくると回ってる。

その中心に、赤い髪の少女がいた。

炎を宿した髪を揺らしながら、踊るように身体《からだ》を動かしている。

彼女が手を伸ばすたびに、指先から火炎が噴き出す。

炎はかまどに吸い込まれ、ぐつぐつという音とともに、蒸気が噴き上がる。

かまどの側にはひときわ大きな浴槽がある。そこに金属の管が繋がっていて、風呂場の方に延びている。ここから男湯と女湯の湯船にお湯を送っているようだ。

湯沸かし場は一段高い場所にあるからな。高低差でお湯が流れていくようになっているのか。

だから大きな湯船でも、豊富にお湯が使えるわけだ。

工夫してるんだな魔王城って。参考になるなぁ。

湯沸かし場の構造に感動していると、褐色の肌の少女がまた、動き出す。

少女はサラマンダーに向かって「ごめんね。コントロールが苦手で」と笑いかけて、かまどから距離を取る。

肩にとまったサラマンダーは、満足そうに「ぐるる」と声をあげる。

それがうれしいのか、少女はサラマンダーを抱きしめる。やわらかい胸に包まれたサラマンダーが照れたように首をかしげるのを見て、俺は今さら、彼女が裸なのに気づいた。

そりゃそうだ。

少女もサラマンダーも身体に炎をまとっている。火炎巨人《イフリート》の子孫と炎精霊の炎に耐えられる衣服なんて存在しない。

炎をまとった少女の姿があまりに自然すぎて、彼女が裸だって、しばらく気づかなかった。きれいなものに夢中になってしまうのは悪い癖だ……そう思いながら俺は急いでドアから離れる。

だけど、遅すぎた。サラマンダーはすでに俺の存在に気づいてた。

だから俺が動いたとき、彼らは一斉に俺の方を見て「ぐるる」と頭を下げた。

それを見た少女もドアの方を見て──俺と、目を合わせた。

深紅の目──ライゼンガ将軍と同じ色の目だ。

少女アグニスの肌が、赤く染まっていく。肌からオレンジ色の鱗粉《りんぷん》のようなものが浮き上がる。

深紅の髪が炎のように持ち上がり──揺れて──炎を浮かび上がらせて──

「────っ⁉」

少女アグニスの全身から、炎が噴き出した。

「「「ぐるる────っ‼」」」

直後、サラマンダーたちがドアに体当たりする。

火炎が湯沸かし部屋の外に出る寸前、鉄のドアがそれを食い止める。

それでも少しだけ、火炎があふれ出したので――

「『携帯用超小型物置』を起動。火炎を収納！」

俺はポケットから、手の平サイズの『携帯用超小型物置』を取り出した。

しゅる、と音がして、火炎が吸い込まれる。

吸い込まれた火炎は『携帯用超小型物置』の中でしばらく燃え続けていたけれど――広い広い収納空間には燃え移るものもなく、すぐに消えた。

「うん。意外と使えるな」

『小型物置』を作ったあと、念のため携帯用も作っておいたんだ。

小さくても、能力は普通の『小型物置』と変わらない。火炎を吸い込むには十分だ。

「――あ、ああああああっ！　なんてことを。魔王陛下のお客人に炎を。ど、どうしたら……」

ドアの向こうから、涙声が聞こえた。

「す、すぐに治癒術師を呼ばないと……ああ。でも、お父さまになんと言えば……アグニスが、サラマンダーさんたちと遊んでいたことがばれたら……この子たちが罰を……」

「大丈夫です」

「……え？」

「こんなこともあろうかと準備をしてましたから、無事です」

俺はドアをノックしてから、声をかけた。

「それと……すいません。つい見とれちゃって。声をかけるのを忘れてました」

「……い、いえ」

「とりあえず、服を着てから話をしませんか？」

「あ、はい。あの、その、わたし……アグニスは……」

ドアの向こうから、とまどうような声。

「服は……そこにある鎧《よろい》だけ、なので」

「鎧だけ」

「アグニスは、炎がうまくコントロールできなくて……火炎耐性がないものは、身につけてても、すぐ、燃えちゃう……ので」

「……なるほど」

昼間、『鎧を直したい』と言ったとき、ライゼンガ将軍が怒った理由がわかったような気がする。

アグニスさんは火炎巨人《イフリート》の血を引いてるから、発火能力がある。でも、自分で炎をうまくコントロールできないらしい。

だから普通の服を身につけられない。すぐに燃え尽きてしまうからだ。

アグニスさんが身につけられるのは、火炎耐性を持つ鎧だけ……ってことかな。

となると、俺が鎧を直すためには、彼女を裸にしなきゃいけない。

……そりゃライゼンガ将軍も怒るよな。初対面で『あなたの娘さんの下着をいじらせてください』って言ったようなものなんだから。

「俺は外に出てます。鎧を着終わったら呼んでください」

「…………はいぃ」

「「「ぐるるー」」」

ドアの向こうからはかすかな返事と、サラマンダーのうなり声。
それを確認して、俺は廊下へと出たのだった。

第19話「少女アグニスの悩みを聞く（2）」

「……お会いするのは二度目……ですね。アグニス・フレイザッド……です」

「……トール・リーガスです」

「…………」

「…………」

気まずい。

目の前には、全身に鎧をまとった少女、アグニスがいる。

まわりにはサラマンダーたちが集まってる。彼女を守ろうとしてるみたいだ。

俺とアグニスは、テーブルを挟んで向かい合っている。

アグニスは兜をかぶっているから、今、どんな表情なのかはわからない。

見えるのは、兜の隙間《すきま》からのぞく、真っ赤《まか》な目だけだ。

「さっきはすいませんでした」

俺は頭を下げた。

「お風呂《ふろ》を沸かす係はサラマンダーたちだって聞いてたので……興味があって、つい、のぞいてしまいました。アグニスさんが手伝っているとは知らなかったんです。すいませんでした」

「ち、ちがっ」

「え？」

「ち、違うんです。悪いのは、アグニスの方なので……」

アグニスは途切れ途切れに話しはじめる。

「こ、この時間は、めったに人が来ないので……アグニスが勝手に、この子たちの、手伝いをしていたの。トール・リーガスさまは悪くない、から」

「いやいや、でも、鎧を見つけた時点で、アグニスさんがいることには気づいていたのに」

「にゅ、『入浴中』の札、出してなかったの、こっち！」

「でもお風呂には入ってなかったですよね？　お風呂のお湯を沸かしてただけで」

「そ、それでも……ドアは閉じておく、べき。だ、だから……見られたのは……アグニスの自業自得で……」

「でも、それをじっくり見てしまったのは俺のミスですから！」

「お見苦しいものを見せてしまったので！」

「ぜんっぜん見苦しくはなかったです！　むしろ神の造形美を再確認して、魔王領に来るときれいなものが見られるのかと……じゃなくて！」

「……う、うううぅ」

ぼっ、と、兜の隙間から炎があがる。

さっきのことを思い出したらしい。

謝罪合戦は危険だ。話を変えよう。

「火炎巨人《イフリート》の血を引く人って、すごいんですね」

「え？」

「その鎧は『地属性』をふたつ重ねた『火炎耐性』の鎧ですよね。しかも、しなやかで、肌の上から直《じか》に着ても大丈夫なようになっているようです」

さっき鎧を見たとき、こっそり『鑑定把握』してある。

そのとき、鎧が軽くてやわらかい材質でできているのがわかったんだ。

「そんな鎧でも、アグニスさんの炎には耐え切れてない。関節や部品のつなぎ目が緩み始めてる。そこまで強力な炎の力を持っているのは、やっぱりすごいと思います」

「でも、アグニスは炎を……コントロールできないので……」

「さっきも、そう言ってましたね」

「……はい」

アグニスは長いため息をついた。

それから兜《かぶと》を外して、俺の前に素顔をさらす。

赤みがかった目と、褐色の肌。炎のようにゆらめく髪が姿を現す。

「そのまま、目を……そらさないで、欲しい、です」

「あ、はい」

「……じ────っ」

アグニスの目が、まっすぐに俺を見つめてる。

言われた通り、俺もアグニスの目を見つめ返す。

きれいな目だった。瞳《ひとみ》の色がゆらぎながら、徐々に、赤色が濃くなっていく。

本当に宝石みたいだ。

火炎巨人《イフリート》については書物で読んだだけだけど、きっときれいな種族だったんだろうと思う。

しかも、強い炎の力を持っている。

地属性をふたつ重ねて、やっと防げる炎なら、それは火山の熱のようなものだ。

それを生み出すほどの火の魔力とはどういうものなのか。そもそも本人はその熱をどうやって防いでいるのか。裸の上から鎧を着るというのは、どういう気分がするものなのか。

そんなことを考えながらアグニスの顔を見つめていると――


「……う、うぅ。うぅぅ」

アグニスの顔が真っ赤になっていく。

それから、ぼっ、と音を立てて、アグニスの髪から炎が噴き出した。

「ぐるる」「ぐるるるー」「ぐっるー」


かっぽん。


待機していたサラマンダーたちが、アグニスに『火炎耐性』の兜をかぶせる。

しばらくすると炎が収まり、アグニスは再びため息をついた。

「ご、ごらんの通り、なので……」

「緊張したり興奮したりすると、身体《からだ》から炎が出るんですね」

「は、はい」

「でも、湯沸かし場では炎を使いこなし――って、ごめんなさい。思い出さなくていいですから！」

「……うぅ」

手甲の手で、顔をがちゃりと覆うアグニス。

「さっきは、この子《サラマンダー》たちに手伝ってもらって、炎を操る訓練をしていたんです。この子たちは、昔からの友だちで……一緒にいても緊張しないので……」

「ぐるる」「ぐるるる」「ぐるっぐ」

こくこく、とうなずくサラマンダーたち。

つまり、こういうことらしい。

アグニスは火炎巨人《イフリート》の血を引き、強い炎の力を持つ。

けれど、彼女自身はそれをコントロールできない。

感情がたかぶると、勝手に炎が出てしまう。

だから炎を抑えるために、火炎耐性を持つ鎧を着ている。

鎧を脱いでサラマンダーたちと一緒にいたのは、彼らが炎の影響を受けないから。サラマンダーは火炎巨人《イフリート》の眷属《けんぞく》で、強力な火属性を持つからだ。

その彼らに手伝ってもらって、アグニスは炎を操る訓練をしていたらしい。

「お父さまは言いました。『アグニスは火の魔力が強すぎるのだ。でも、それは「火炎巨人《イフリート》」の血が強く出ただけで、悪いことではない。アグニスはなにも悪くない』――って」

アグニスはうつむきながら、つぶやいた。

「でも……アグニスは、自分の魔力が……あんまり好きじゃないです。火の魔力に覚醒《かくせい》する前は好きな服を着ていられたけど……今は、着たものがみんな燃えちゃいます……から。炎があふれて、他の人に火傷《やけど》を負わせてしまうことも……あるので」

「わかりました。解決方法を考えます」

「……え？」

兜をつけたまま、アグニスが俺を見た。

顔は見えないけど、ぽかんとしてるのがわかった。

「トールさまが、アグニスの『火の魔力』を……なんとかしてくださる、ですか？」

「はい。できる限りやってみます」

「ど、どうして？　トールさまが……？」

「俺は魔王陛下に雇われた錬金術師ですから」

俺はアグニスにうなずき返す。

「そして、ライゼンガ将軍は魔王陛下の部下で、アグニスさんはその娘さんですよね？」

「は、はい……そうなのです、けど」

「ということは、将軍とアグニスさんは、俺の上司のようなものですよね？」

「上司は……ちょっと違うような……？」

「ライゼンガ将軍は俺に『どうやって魔王領の役に立つつもりだ』とおっしゃいました」

確かに言ってた。言質取った。

「あれは『どうやって魔王領の役に立つのか証明しろ』という意味ですよね？」

「そう……でしょうか？」

「そうなんです」

「そ、そう言われると……そんな気も」

「ということは、俺がアグニスさんの『火の魔力』の問題を解決するのは、ライゼンガ将軍の意に沿った行動ってことになりますよね？」

「…………そう、かな？　そうかも……」

よっしゃ。アグニスの言質も取った。

これで問題ない。すぐに部屋に戻って、『通販カタログ』を調べよう。

勇者世界のアイテムなら、アグニスの問題を解決できるかもしれない。

異世界から来た勇者は、火炎巨人《イフリート》と同等の炎を扱うドラゴンや、火炎鳥《フレイム・ガルーダ》を倒している。だとすれば、火炎を封じるアイテムがあるはずだ。

それを作れば、魔力を調整する技術もわかるかもしれない。

「アグニスさん。俺に、あなたの炎の問題を解決するように、依頼してくれますか？」

「……トール・リーガスさま」

アグニスは、しばらく迷っていたようだけど——

やがて、はっきりと「お願いします」と言ってくれた。

「では、これからマジックアイテムを作ります。完成するまで、これを使っていてください」

俺は『携帯用超小型物置』を、アグニスに渡した。

「これは勇者が使っていた『収納ボックス』の小型版です。炎があふれそうになったら、これで吸い込んでください。手に持って『収納』って思うだけで使えますから」

「え、えええええっ？　これは……貴重なものなのでは？」

「また作ればいいですよ。それより使ったあとで感想を聞かせてください。フタが開きにくいとか、デザインがいまいちだとか、色はピンクがいいとか、黄色がいいとか。あ、ツートンカラーやストライプもありですよ。そうやって意見を聞いて、ブラッシュアップしていくんで」

「……ありがとうございます……トール・リーガスさま」

　アグニスは、『携帯用超小型物置』を抱きしめた。

「それと……昼間は、お父さまが失礼なことを言ってごめんなさい……」

「あれはしょうがないと思います」

「そうですか？」

「だって俺は将軍に、アグニスさんの鎧《よろい》を調整させてくださいって言ったんですから」

「それは親切で言ってくださったのでは？」

「いいえ、鎧を調整するためには脱いでもらう必要があるわけで、つまり俺がアグニスさんを裸にしたいと言ったのと同じ意味に――」

「ト、トールさま！」

「ぐるる！」「ぐる――っ！」「ぐるるぅ！」

　アグニスが立ち上がり、サラマンダーたちが声をあげる。

　湯沸かし場でのことを思い出したのか、アグニスの鎧の隙間《すきま》から炎が出てくる。

「じゃあ『小型物置』のドアを開けて『収納。火炎』って、言ってみてください」

「は、はい。収納、火炎！」

しゅるん。

鎧の隙間からはみ出していた火炎が、箱の中に吸い込まれた。

「……す、すごい。本当にこれをいただいてもいい……のですか？」

「構いません。それに、その箱だけじゃ、一時しのぎにしかならないですから」

「一時しのぎでも……じゅうぶん、です」

「そうなんですか？」

「は、はい。火炎巨人《イフリート》の血を引く者は……成長することで、だんだん炎のコントロールがうまくなるんです。アグニスと同じような者は以前にもいて……だいたい、20歳くらいまでには……ちゃんとできるようになるみたいです。アグニスも、あと、5年……です」

こくこく、と、アグニスはうなずいた。

あと5年、ということはアグニスは15歳。

それまで彼女は好きな服も着られないし、サラマンダーとしか遊べないのか。

「もっと根本的な解決策が必要だな」

「……トールさま？」

「アグニスさんが炎をコントロールできるようなアイテムを作らないと。異世界の勇者の中にも、強力な火の魔力をコントロールしている者がいたはず。それをマジックアイテムで実現させよう。それくらいできないようじゃ、まだまだ道のりは遠いからな……」

「ど、どうした、ですか？　トールさま」

「……いえ、なんでもないです」

俺は頭《かぶり》を振った。

「とにかく、もっといい方法を考えてみます」

「不思議な方……です。トールさま」

アグニスは首をかしげた。

「出会ったばかりのアグニスに……どうして、そこまで、してくれる……ですか？」

「俺は魔王陛下の錬金術師ですから」

俺はこの魔王領で、自由にマジックアイテムを作りたいと思ってる。

まずは勇者世界の『通販カタログ』を参考にして、技術を学んで、錬金術を極める。

最終的には勇者の世界を超えるものを作って、この魔王領を快適な場所にする。

それが俺の夢──というか、今の目標だ。

アグニスの悩みを解決するのは、その第一歩みたいなものだ。

魔王領にいる人たちの問題を解決するために、俺は魔王直属の錬金術師になったんだから。

「──と、いうわけです」

俺がそんなふうに説明すると、アグニスは不思議そうな顔をしていたけど──

「わかりました。トール・リーガスさまに、お任せ、します」

「ありがとうございます」

「でも、無理はしないで欲しいです。アグニスは、人に迷惑をかけたくない……ので」

「迷惑じゃないです。マジックアイテムを作るのは、俺のやりたいことですから」

俺は言った。

「そうやって技術を磨いて、自分の居場所を穏やかでのんびり暮らせる場所にしたいんです。俺は魔王領の錬金術師ですから、魔王領の人たちにも、穏やかでのんびり暮らして欲しい……それだけなんですよ」

俺の言葉に、アグニスはやっぱり、不思議そうな顔をしていたのだけど——

明日の夕方にここで会うことにして、俺たちは別れたのだった。

第20話「異世界の魔力変換アイテムを作る」

部屋に戻ったあと、俺は『通販カタログ』を読み始めた。

「この本は勇者世界のアイテムの宝庫だ。炎を抑えるアイテムがあってもおかしくないけど……」

「なにかお探しですか？　トールさま」

「——え？」

気づくと、部屋の入り口にメイベルが立っていた。

「ドアが開きっぱなしでしたよ？　ずいぶんお急ぎのようですけれど……どうされたのですか？」

「炎を抑えるアイテムを作ろうと思って」

「なるほど。ライゼンガさまへの対策ですね」

メイベルはお茶の載ったトレーを手に、うんうん、とうなずいた。

「さきほどのご様子を見ればわかります。トールさまが、ライゼンガさまを警戒されるのも無理はありません」

「うん。まぁ、そんな感じ」

乗っかることにした。

アグニスが裸でいるところにでくわしたのを話すのは、まずいような気がした。

「でも、ご心配はいりません。私も魔術が使えるようになりましたから、トールさまのことは、私がお守りします」

「ありがと、メイベル」

　俺はうなずいてから、

「ところで火炎将軍のライゼンガさまってどんな方なのかな？　俺に対する態度は別として、性格や能力とか」

「とても娘思いの方です」

「それはわかる」

「もちろん、強力な戦士でもあります。戦場では炎をまとった槍《やり》で敵を突き、100の兵の群れの中をまっすぐに突っ切った、なんて伝説もあるくらいです」

「あれ？　魔王領は数百年前の争い以来、人間の世界とは戦争をしてなかったんじゃ？」

「魔王領の中でも、たまに争いはありますから」

「もしかして魔王陛下が仮面で正体を隠してるのも、ライゼンガ将軍のような人に、なめられないようにするためってのもあるの？」

「そうですね。ライゼンガさまは、強さを重んじる方ですから」

「アグニスさんは優しいけどね」

「わかるのですか？」

　不思議そうに顔をのぞき込んでくるメイベル。

「もしかしてトールさまは、アグニスさまとお話をされたのですか？」

「少しね。それより、メイベルは、アグニスさんと仲がいいの？」

「はい。私は幼いころから魔王城でお仕事をしてますから、会う機会も多かったのです。昔は、一緒に遊んだこともあるのですけど……」

メイベルはなぜか、右腕の手首のあたりをなでていた。

「ご存じですか、トールさま。魔王城には腕のいい治癒術師がいるんです。火傷《やけど》の跡も、きれいに治してくれるんです」

そう言って、彼女は俺の前に手を差し出した。

真っ白な肌と、細い指。

火傷の跡どころか、傷ひとつない。

「ね、きれいになってますよね？　小さな火傷でしたから、すぐに治っちゃったんです。だから……アグニスさまが気に病む必要なんか……ないのですけれど」

「アグニスさんが昔、メイベルに火傷をさせてしまった、ってこと？」

「……幼いころ、私が陛下の遊び相手だったころのことです」

メイベルは目を伏せた。

それからメイベルは、小さいころのことを話してくれた。

魔王ルキエの遊び相手だったメイベルは、魔王城に来ていたアグニスと仲良くなったそうだ。

だけど、アグニスが『火の魔力』に覚醒《かくせい》したとき、強すぎる魔力を制御できず、アグニスの炎は暴走した。その炎は、メイベルに火傷を負わせてしまった。

火傷はすぐに治ったけれど、アグニスは自分が、友だちを傷つけたことにショックを受けた。

彼女があまり人前に姿を見せなくなったのは、それからだ。

罪悪感から、メイベルとも疎遠になってしまった、ってことらしい。

「……そういうことだったのか」

よし。すぐに錬金術をはじめよう。

アグニスが火の魔力をコントロールできるようなマジックアイテムを作る。

そうすれば、メイベルとアグニスも、昔みたいに仲良くなれるかもしれない。

それに、炎を封じるアイテムは、ライゼンガ将軍への切り札にもなるはずだ。１００人の兵をものともしない将軍を止められるアイテムって、わくわくするよね。

「使えそうなアイテムは……これかな」

俺は『通販カタログ』の、後ろの方にあるページを開いた。

載っていたのは、小さなペンダントだ。

ペンダントヘッドには円盤状のものがついていて、獣のレリーフが施されている。

「不思議な形のペンダントですね。どんなアイテムなのですか？　トールさま」

「これは……風水《ふうすい》というものを取り入れた『健康増進ペンダント』だ」

「風水、ですか？」

「勇者の世界には、この世界とは違う魔力の概念《がいねん》があるみたいなんだ」

俺は説明文を読んでみた。


『健康増進ペンダント』

体内の気を循環させて、あなたの健康力を高めます！

身体《からだ》の調子が悪い？　それは、気の偏《かたよ》りによるものです。

１種類の気だけが強くなったりすると、身体が火照ったり、熱を帯びたりするものです。

そんなときはぜひ、このペンダントをお使いください！

偏った『気』のバランスを整え、体調を改善することができます！

気とは、すべての源になるものです。生命はそれを利用して活動しています。

このペンダントは、それを安定させるもので――


『気の流れ』か。

こっちの世界でいうと、魔力みたいなものだろうか。

この世界の生物の身体には、魔力が流れている。メイベルの場合はそれがうまく流れずに冷え性になっていた。となると、このカタログにある『気の流れ』とは、『魔力の流れ』と同じ意味だと考えるべきだろう。

『気』については、異世界から来た勇者の記録にも残っている。

――『気を高めることで、極大魔術《きよくだいまじゆつ》を放った』とか。

――『気合いがあればなんでもできる』と宣言して、巨大な魔獣を倒したとか。

――『気を集中』して、身体を強化したとか。

極大魔術を放つのに使えるなら、『気』は魔力のことで間違いなさそうだ。

なるほどなー。

異世界では、魔力を変換して循環させるマジックアイテムが売ってたのか。

だから異世界から来た勇者たちは、あんなに強かったんだな。

ちなみに『通販カタログ』には「このページの商品は当社とは関係ありません」と書いてある。

理由は、なんとなくわかる。

おそらく秘密の魔術結社があったんだろう。このアイテムは、そこが扱っていたのかもしれない。

危険すぎるアイテムだもんな。専門のところじゃないと売れないよな。

そして、この『健康増進ペンダント』は、偏った気――つまりは魔力を変換して、整えることができるらしい。

これなら、アグニスの炎を抑えることもできそうだ。

彼女の炎は、強すぎる『火の魔力』が原因だ。その魔力を変換して、別の魔力に変えてしまえば、発火しなくなるはず。

「よし。これなら、なんとかなりそうだ」

「トールさま？」

「メイベル、手伝ってくれる？　このペンダントなら、アグニスさんの炎を抑えることができるかもしれない」

「アグニスさまのアイテムを作るおつもりだったのですか？」

……あ、しまった。

アグニスと会ったことは秘密にするつもりだったんだけど……。

まぁいいか。

お風呂場《ふろば》でバッタリでくわしたことだけ内緒にしておけばいいや。

「ごめん。事情があって言えなかったんだ。本当はアグニスさん用のアイテムだよ」

「そうなのですか……私はてっきり、ライゼンガさまへの対策だと思い込んでおりました」

メイベルはそう言って、笑った。

「でも確かに、勇者の世界のアイテムなら、アグニスさまの炎を制御できるかもしれませんね」

「俺にうまくコピーできるかどうかは、わからないけどね」

「できますよ。トールさまなら」

メイベルは俺に向かって、ぺこり、と頭を下げた。

「そういうことなら、私の方からお願いします。どうか、お手伝いさせてください」

「わかった。じゃあ、始めよう」

『健康増進ペンダント』の写真は、大きく掲載されている。形もよくわかる。『創造錬金術《オーバー・アルケミー》』でコピーできそうだ。

ただし、本当に特殊なアイテムだから、慎重に作らないといけない。

「私には、この本を読むことはできないのですけど……」

メイベルは目を丸くして、『健康増進ペンダント』の写真を見つめている。

「こんな小さなペンダントに、炎を抑える力があるのですか?」

「これは『火の魔力』を、別の魔力に変換できるものだよ」

俺はペンダントの下にある図柄を指さした。

「ここに、勇者の世界の『気』……というか魔力について書いてあるんだ」

「勇者の世界の魔力……ですか？」

「あっちの世界では魔力を『木・火・土・金・水』の５種類に分けていたらしい」

「こちらの世界とは違うんですね」

「この世界では『光・闇《やみ》・地・水・火・風』だからね」

もうひとつ違うのは、勇者の世界では気──魔力の属性は絶えず変化するとされていたことだ。

このペンダントも、５種類の魔力をぐるぐると回すことで、身体を活性化させ、潜在能力を目覚めさせるものらしい。

魔力がどうやって変換されているのかについては、ほとんど書かれていない。『木は火を生み出し、火が燃え尽きたあとに灰が残って土になり──』という感じだ。断片的な情報しかない。

でも、これはしょうがない。

異世界の魔術結社が、大事な情報を堂々と書くわけがないもんな。

おそらく魔力変換については、勇者の世界でも秘術だったんだろう。

それに、知識はなくても問題ない。魔力の変換は、ペンダントに刻まれた神獣《しんじゅう》のレリーフが、いい感じにやってくれるらしい。

さすが勇者の世界のアイテムだ。抜かりがないな。

「説明文には『健康増進ペンダントには、青竜《せいりゅう》・朱雀《すざく》・白虎《びゃっこ》・玄武《げんぶ》、さらに中央に麒麟《きりん》を配置しております』と書いてある」

俺はメイベルにわかるように、『通販カタログ』を読み上げた。

「これによって身体中の魔力が整い、健康が増進するそうだ。人によっては潜在能力に目覚めて、運気が上昇するらしいよ」

「すさまじいアイテムですね」

「これならアグニスさんの『火の魔力』を抑えることもできると思う」

俺はスキル『創造錬金術《オーバー・アルケミー》』を起動。

『通販カタログ』のページをじっと見つめて、ペンダントの形状を記憶。

空中にイメージ図を作り出す。

「──立体図を作成」

宣言すると、空中に『健康増進ペンダント』の図が浮かび上がる。

素材には、『小型物置』を作ったときの残りを使おう。

アグニスの肌を傷めないように、鎖《くさり》はやわらかく。

難しいのは、刻まれている獣──神獣の形だけど、これは正確にトレースすれば大丈夫だろう。

それに、竜《ドラゴン》や虎はこの世界にもいる。朱雀は火炎鳥《フレイム・ガルーダ》にそっくりだ。それらを参考にすれば、リアルに作れるはずだ。

俺はイメージを固めていく。

きちんと魔力が変換されるように。

アグニスの、強すぎる火の魔力が、他の魔力に変わるように。

「――形状把握《けいじょうはあく》、完了」

俺はイメージ図を再確認。

5体の獣の姿は、きちんとトレースできてる。このまま進めよう。

「金属の塊《かたまり》を素材にして、『健康増進ペンダント』を錬成《れんせい》する。内部に、魔力変換機構を付加して
――」

できるだろうか。

ちょっと心配になってきた。

火属性と水属性はわかる。土属性は、おそらく地属性と似たものだろう。

でも、木属性と金属性なんてこの世界にはないから――


『「五行属性操作《ごぎょうぞくせいそうさ》」を習得しました』

と、思ってたら、頭の中で声がした。


『異世界の魔力についての知識を得たことで五行の「木・火・土・金・水」属性を扱うことができるようになりました』

『属性を付加しますか？』

『創造錬金術《オーバー・アルケミー》』は、異世界の『木・火・土・金・水』の属性も扱えるらしい。

すごいな。さすがは究極の錬金術スキルだ。

だったら迷うことはない。やるだけだ。

「属性を付加する」

俺は『健康増進ペンダント』のイメージ図を、床に置いた金属塊《きんぞくかい》へと移動させる。

金属の塊が形を変えていく。

やがて、細い銀色の鎖と、円盤状《えんばんじょう》のペンダントヘッドができあがる。

ペンダントヘッドの表面には、5体の神獣の姿だ。

「メイベル。5体の神獣が本に載ってる形どおりか確認して！」

「は、はい！」

メイベルは『通販カタログ』を手に、ペンダントをのぞき込む。

「竜っぽいの……虎っぽいの、亀っぽいの……鳥と……もじゃもじゃ獣——大丈夫です！　すべて、この本に載っている通りです！」

「了解。それじゃ実行！『創造錬金術《オーバー・アルケミー》』！『健康増進ペンダント』を作成!!」


からん。


銀色のペンダントが、床の上に落ちた。

完成だ。

『健康増進ペンダント』（属性：木・火・土・金・水）（レア度：★★★★★★★★★★）

勇者の世界の『魔力概念《まりょくがいねん》』に基づいて生み出されたペンダント。

装着者が持つ魔力を5等分して、5種類の魔力に変換する。

たとえば100の力を持つ火の魔力があった場合、それは20の力の『木・火・土・金・水』の魔力に変換される。

変換された魔力はすべて、装着者の強化と健康維持に使われる。

木の魔力は、装着者にしなやかな生命力を与える。

火の魔力は、装着者に活動的なエネルギーを与える。

土の魔力は、装着者に安定した力を与える。

金の魔力は、装着者に強固な力を与える。

水の魔力は、装着者に柔軟性のある力を与える。

装着者の魔力が強いほど、より多くの強化・健康効果が得られる。

物理破壊耐性：不明（攻撃を受けると、その魔力を変換・吸収してしまうため、破壊できるかどうかわからない）。

耐用年数：100年以上。


なるほど、それぞれの属性に合わせた強化が得られるのか。木は大樹のような強い生命力を、火は熱い活力を、土は安定性を、金は金属の堅さをイメージしてるんだろう。水はどんな形にも変わり、地面を削るような力を持つところから、柔軟な力かな。

「このアイテムで、『火の魔力』を抑えられればいいんだけど」

「トールさま、お聞きしてもいいですか?」

「どうしたのメイベル」

「そのペンダントは、5体の神獣が描かれたペンダントに魔力を注ぐことで魔力が変換されて、身体《からだ》が健康になるんですよね?」

「そうだね」

「じゃあ、もしもその5体の像を造って、魔王領を囲むように置いたらどうなるんですか?」

……えっと。

このペンダントは魔力を変換させて、人を健康にするものだ。

それを国すべてに適用したら……。

「やってみてもいい?」

「陛下と、魔王領の高官すべての許可が要りますね……」

難しそうだった。

それはともかく、ペンダントは完成した。

うまく魔力が変換されるかどうか実験してみよう。

誰《だれ》にでも使えるようなら、魔王領の標準装備にしてもらえるかもしれない。あとで魔王ルキエに相談してみよう。

そんなことを考えながら、俺はできたてのペンダントを手に取ったのだった。

第21話「アグニスと魔王ルキエ、錬金術師トールのことを考える」

――アグニス視点――


「どこに行っていたのだ。アグニスよ」

アグニスが魔王城の、将軍一家に与えられたエリアに戻ると、父ライゼンガが待っていた。

「我らは明後日《あさって》、領地に戻る。その準備をしておくように言ったはずだが」

「申し訳ありません。お父さま」

アグニスは鎧《よろい》をまとったまま頭を下げた。

「お城にいるのもあと少しなので、色々と見て回っていました」

「そうか。ならばよい」

「ご心配をおかけして……すいません」

「いや、別に責めているわけではないぞ」

ライゼンガは気まずそうに目を逸《そ》らし、咳払《せきばら》いをした。

「それに……お前にはいつも苦労をかけて申し訳ないと思っている。お前が炎を制御できないのは、祖先である火炎巨人《イフリート》の血が強く出たためだからな。感情のままに炎を操るのは、火炎巨人《イフリート》の本能のようなもの。こればかりは、我にもどうにもできないのだ」

「わかっています……お父さま」

「魔王陛下への報告は終わった。我らはこれから領地に戻り、鉱山の開発を始めることになる。帝国との共同作戦についても、許可はもらっている」

「アグニスたちの領地は国境にも近いです。帝国とは、仲良くしなければいけません……から」

「そうだ。だから帝国から来たという客人の顔を見にいったのだが、いやはや。あんな者が帝国の貴族とはな」

「お父さま……」

「聞けば戦闘スキルを持たぬというではないか。どうりでひ弱そうに見えたものだ。帝国貴族というから、我と剣を交えるほどの強者《つわもの》を想像していたのだがな。まったく情けな──」

「やめてください！　お父さま！」

アグニスは思わず声をあげていた。

「トール・リーガスさまは、良いお方です！」

「お前はあやつと話したのか？」

「会って話をしました。あの方は、これをくださったのです」

アグニスは、トールからもらった『携帯用超小型物置』を、父に見せた。

「あの方は炎を制御できないアグニスを案じて、貴重なアイテムをくださったのです！　悪く言うのはやめてください!!」

「余計なことを！」

「お父さま!?」

「こんなものがあっても、お前が鎧しか着ることができないのは同じだろうに」

「でも！　あの方はアグニスのために‼」

「……わかってくれ。アグニスよ」

将軍ライゼンガは、手甲に包まれたアグニスの手を取った。

「我はなによりも、お前のことを考えている。今回の鉱山開発も、お前のためを思ってのことだ。だから、我は帝国の辺境伯と書状のやりとりをしているのだよ」

「お父さまがアグニスのことを考えてくださっているのは……わかっています」

「帝国との交渉が成功すれば、領地で鉱山開発が行われるだろう。その時は、邪魔な魔獣を討伐することになる。そこでお前の出番だ。お前の『火の魔力』が役に立つことを、皆に示すのだ」

「……お父さま」

「お前の炎は、魔獣をたやすく討伐できるだろう。帝国の者たちもおどろくはずだ。将軍ライゼンガの娘アグニスここにあり、とな！　魔王領と帝国がお前を認めるだろう！」

「わかって……いるのです。お父さま」

アグニスにも、父が自分のことを思ってくれていることは、わかる。

彼女の炎は、誰かを傷つけることしかできない。使い道は魔獣を討伐することくらいだ。

（でも……本当は、もっと優しい生き方が……あるはずなのに）

アグニスには、どうしたらいいのかわからない。

小さいころもそうだった。

初めて『火の魔力』に覚醒《かくせい》したとき、アグニスの炎は暴走して、大切な友だちに火傷《やけど》を負わせてしまった。

彼女はアグニスを許してくれた。泣きながら『大丈夫です。気にしないでください』――って。

けれど、あれからアグニスは彼女の目を見ることができずにいる。

家宝の『火炎耐性の鎧』を着るようになったのはそれからだ。

これを着ていれば、誰も傷つけずに済むのだから。

『火炎耐性の鎧』を着て歩くことについては、宰相ケルヴの許可を得ている。届けも出している。

アグニスに近づくと火傷すると、みんなわかっているのだ。

(……それでも、アグニスと話そうとしてくれる……優しい人もいるのだけど……)

トールのことが頭に浮かぶ。

彼は、アグニスの炎を怖がらなかった。それどころか、解決方法を考えると言ってくれた。

(……本当に、不思議な人です)

メイベルが、あの人の側《そば》にいるのもわかる。優しい人同士、気が合うのだろう。

だけど、アグニスはその中には入れない。この炎がある限りは。

「アグニスには……お父さまの娘としての、自覚が……あります」

アグニスは父の方を見て、そう告げた。

「できることは、します。お父さまの名を汚すようなことは、しません」

「う、うむ。そうか」

父ライゼンガは、気分を変えるように咳払いをした。

「領地への出発は明後日だ。それまで自由にしているがいい」

「はい……お父さま」

アグニスはうなずき、自室に戻った。

最近少しゆるくなってきた留め金を外して、鎧を脱ぎ捨てる。

彼女が鎧を脱げるのは、自室にいるときだけだ。

この部屋は彼女が過ごしやすいように、燃えにくいもので作られている。

壁も家具も石造り。食器や水差しはすべて金属製。布団は代々アグニスの家に伝わる、火炎耐性を持つものだ。これがなければ、アグニスは床の上で寝ることになっていただろう。

「……ふぅ」

アグニスはため息をついた。

それから、枕元に『携帯用超小型物置』を置いて、横になる。

「……トール・リーガスさま」

不思議な人だった。

アグニスのことを、少しも怖がらなかった。

彼女と、彼女が生み出す炎のことを、きれいだ……って言ってくれた。

「トールさまはおっしゃってました。魔王領にいる者には──のんびりと穏やかに暮らして欲しい──って。それには……アグニスも、入っているのでしょうか……」

トールの顔を思い浮かべると、鼓動が速くなる。

生まれた炎が、『携帯用超小型物置』に吸い込まれていく。

「……困りました」

アグニスは、ため息をついた。

『携帯用超小型物置』は炎を吸収してくれる。

でも、これを見ていると、トールのことを考えてしまう。

鼓動が速くなり、炎が生まれてしまう。終わらない繰り返し。

でも、今はそれが心地《ここち》いい。

「明後日には……アグニスは、領地に帰らなければ……いけないので」

アグニスは、ぽつり、とつぶやいた。

トールは炎を抑える手段を考えてくれると言ったけれど、無理だろう。時間がなさすぎる。

「……明日、お風呂場《ふろば》に行ったら、お別れのあいさつをしないと。この『携帯用超小型物置』だけで──ううん。あの人のくれた言葉だけで……もう、アグニスは……十分なので」

だから……もういい。

アグニスの炎を、１日でなんとかするなんて、できるわけがない。

「明日会ったら、トール・リーガスさまにお礼を言わないと。アグニスのことを考えてくれて……ありがとうございました……って」

そんなことを思いながら、アグニスは目を閉じたのだった。


──同じころ、玉座の間では──

「トールとライゼンガが出会ってしまったか」

玉座の間で、魔王ルキエはため息をついた。

同じ城の中だ。顔を合わせることはあると思っていた。

武闘派のライゼンガと、生粋の文官のトールは、相性が悪いことはわかっていた。

可能なら、ライゼンガが城にいる間は、トールを別の場所にいさせるつもりだったのだが。

「トールの拠点探しは、あまりうまく行っておらぬようじゃな。ケルヴよ」

「なかなか条件が難しいものでして……」

玉座の前には、宰相のケルヴがいた。

魔王ルキエと宰相ケルヴは、手元の羊皮紙を見つめている。

そこには、トール用に、魔王城の外の工房を作るという計画について書かれていた。

トールは魔王領の者と触れ合い、彼らのためのアイテムを作ることを望んでいる。

その願いを叶《かな》えるために、町の中に工房を作るという計画が立ち上がっていたのだった。

「気軽に立ち寄れる錬金術工房というのも難しいですが、トールどのの場合、錬金術の素材が手に入りやすい場所という条件もあります」

宰相ケルヴは難しい顔でつぶやいた。

「城下町では、気軽に採取や採掘に出掛けるわけにはいきませんし、人通りが多すぎる、という問題もあります。人間のトールどのが工房を開いたとして、すぐに受け入れられるかどうか……」

「やはり、いきなりトールを大勢の前に出すのは危険か」

「トールどのがですか？　それとも、魔王領の者たちが？」

「ケルヴはどちらじゃと思う？」

「……それはおいておきましょう」

「……そうじゃな」

魔王ルキエは頭《かぶり》を振って、

「トールは魔族や亜人に偏見がない。じゃが魔王領の者は、人間に慣れておらぬからな」

「私としては、あまり領民が多くない、自然にあふれた場所が適していると考えます。あとは……近くで彼の保護者になってくれる者がいればよいのですが」

「難しいと思うが、引き続き探してくれぬか」

「承知いたしました」

「それから、ライゼンガの件じゃが……」

魔王ルキエは、言いかけた言葉を飲み込んだ。

彼女は城の者たちに「トールは客人であり、粗略に扱うな」という命令を出している。

火炎将軍ライゼンガの態度は、それに反するものだ。宰相ケルヴを通して、注意はしてある。

だが、それ以上のことはできない。

ライゼンガはトールに危害を加えたわけではない。ただ、見下して、罵《ののし》っただけだ。

それだけで罰を与えてしまえば、トールを警戒する者も現れるだろう。彼の気分を損ねたら、魔王ルキエが罰を与えるのだ——と。

そうなったらトールが望む『魔王領の者の相談を受けて、マジックアイテムを作る』ことができなくなる。それはしたくない。

（やはり城の外にも、トールの居場所を作ってやるべきじゃろう）

そうすればトールは、ライゼンガを避けることもできる。

魔王領の者と親しくすることで、彼の味方を増やすこともできるだろう。

「工房の件、よろしく頼むぞ。ケルヴよ」

「承知いたしました。魔王陛下」

そうして、その日は暮れていったのだった。

第22話「アグニスの魔力を変換する」

翌日の夕方。

俺たちが風呂場の休憩スペースに行くと、鎧姿《よろいすがた》のアグニスが待っていた。

「お待ちしてた……です。トール・リーガスさま」

「来てくれてありがとうございます。アグニスさん」

「「…………」」

思わず見つめ合ったあと、俺たちは同時に湯沸かし場の方を見た。

顔が熱くなる。アグニスも赤くなってる。たぶん。

兜《かぶと》の隙間《すきま》から、かすかに炎が出てるから。

「湯沸かし場でなにかあったのですか？　トールさま、アグニスさま」

「あれれ……メイベル？」

「ごめんなさい。トールさまにお願いして、ついてきてしまいました」

メイベルはスカートの裾《すそ》をつまんで、アグニスに一礼。

「トールさまのメイドとして、お手伝いをしたいと思いまして」

「そ、そうなんだ……」

アグニスが口ごもる。

やっぱりアグニスはメイベルに火傷《やけど》を負わせたことを、今でも気に病んでるみたいだ。

「トール・リーガス……さま。今日は、お別れにきました」

「お別れ？」

「はい。アグニスは、明日、お父さまと一緒に領土に戻るのです」

アグニスは、がちゃり、と、頭を下げた。

「せっかく、炎を抑えるアイテムを作ってくれるって言ってくれたのに……ごめんなさい。お気持ちはうれしかったです。でも、間に合わないと思うので……」

「いえ、もうできてます」

「……え？」

「完成してます。アグニスさんの、炎を抑えるアイテム」

俺はポケットから『健康増進ペンダント』を取り出した。

「これは火の魔力を、他の属性の魔力に変換するものです。これを身につけると、火の魔力が弱くなる代わりに、成長する木のような生命力が得られて、土のように安定して、金属のように強固になり、水のように柔軟で強い力が手に入ります。たぶん、すごく元気になるはずです」

「え、えええええええ──!?」

アグニスは叫びかけて、両手で兜の口元を押さえた。

興奮すると炎が出ちゃうからだ。

それがどれくらいストレスなのかはわからない。でも、解決できるならしてあげたい。

そのために、このマジックアイテムを作ったんだから。

「これから、アグニスさんには、この『健康増進ペンダント』の実験をお願いします。メイベルには、その手伝いのために来てもらいました」

「こちらに服を用意いたしました」

メイベルは『携帯用超小型物置』の中から、メイド服を取り出した。

「アグニスさまには鎧を脱いで、これを着ていただきます」

「そ、そんなの……無理……なので」

アグニスは首を横に振った。

「メイベルのメイド服……燃やしちゃう。メイベルをまた、火傷させせちゃうかもしれないので」

「そのために、トールさまがアイテムを作ってくださったのですよ。アグニスさま」

メイベルは胸を張って、メイド服を掲げてる。

「トールさまが作られるものに間違いはありません。大丈夫です」

「で、でもでも」

「俺も、アグニスさんがこのペンダントを使ったところを見たいんです」

俺は言った。

「鎧を着たままだと、使用感がわからないですから。でも、裸の上からつけてもらうわけにもいかないですよね」

「トール・リーガスさま……」

「だからお願いします。ペンダントをつけて、メイド服を着てみてください」

俺はそう言って、ペンダントを差し出した。

「……アグニスが……メイベルのように、かわいい、メイド服を……？」

アグニスの声が震えていた。無理もない。

彼女は自分の発火体質をよく知ってる。服を燃やしてしまったこともあるはずだ。

俺が「このペンダントをつければ大丈夫です」と言ったって、すぐには信じられないんだろうな。

「……こわい……です」

アグニスは手甲に包まれた手を、握りしめた。

「……かわいい服は、好きです。着たいです。でも、メイベルのメイド服を燃やしてしまうの、怖い……炎が出てしまって……トールさまをがっかりさせるのも怖いです」

じっとうつむくアグニス。

俺とメイベルは、静かに、彼女の答えを待つ。

「でも……でも」

アグニスが一歩、俺の方に進み出た。

「ここで挑戦しないで、領地に帰ってしまったら……絶対に後悔するので……そっちの方がずっと怖いので……だから……」

「大丈夫です。なにかあったら、俺が大急ぎでペンダントを調整しますから」

「……トール・リーガスさま」

「俺は魔王領の錬金術師ですからね。アグニスさんが望む限り、何度でもマジックアイテムを作り直します。それが俺のやりたいことなんですから」

「……わかりました、トール・リーガスさま」

そう言ってアグニスは、俺に向かって手を伸ばした。

俺は手甲に覆われた手の平に『健康増進ペンダント』を載せた。

「あなたが作ってくださったペンダントを……使わせてください！」

「はい。それじゃメイベル、お願い」

「承知いたしました。トールさま！」

俺が言うと、メイベルがすごくいい笑顔で、アグニスに近づく。

「それでは、私がお着替えをお手伝いしますね。アグニスさま」

「い、いいのに……メイベル」

「トールさまに見ていただくのですから、服はちゃんと着ないと。ね？」

「……わ、わかったので。でも、湯沸かし場のドアは、開けておくの。炎が出たとき、メイベルがすぐに逃げられるように……」

「わかりました。でも、大丈夫だと思いますよ？」

メイベルはにっこりと笑って、それから、俺の方を見た。

「それではトールさま。申し訳ないのですが……」

「俺は後ろを向いてるよ」

アグニスとメイベルが湯沸かし場に入っていく。

サラマンダーたちの、「ぐるるん」「ぐるる」という鳴き声がする。

彼らもアグニスを心配してるみたいだ。

俺が湯沸かし場に背中を向けると、鎧が床に落ちる音がした。

それが終わると、メイベルの「ペンダントをつけますね」という声が続く。

アグニスが裸になったのかな。

振り返りたくなるけど──今はアグニスを刺激するわけにはいかない。

このまま着替えが終わるのを待とう。

背中ごしに、メイベルの声が聞こえる。


──ペンダント、お似合いですよ。それに……アグニスさまの肌、きれいですね。

──次はメイド服です。私が使ってるものでごめんなさい。

──え？　胸がきついんですか……？

──子どものころは私と同じくらいだったのに……成長されたのですね。


……って。

ふたりの声は少しずつ、楽しそうなものになっていく。

炎が出た気配はない。間違いなく、俺が作った『健康増進ペンダント』は機能を発揮してる。

そして、数分が経《た》って──

「お、おまたせしました……トール・リーガス……さま」

すぐ後ろで、声がした。

振り返ると、メイド服を着たアグニスが立っていた。

「……お、落ち着かないです。鎧以外の服を着たのは久しぶりなので……」

アグニスは落ち着かないのか、スカートを押さえたり、リボンを直したりしてる。

そのたびに、ふわふわの髪が揺れる。

アグニスは紅玉《ルビー》みたいな目を見開いて、俺やメイベル、それから、自分の腕や脚を見つめてる。

服の裾をつまんだり、袖《そで》を引っ張ったり。

自分が服を着ていられることが、信じられないみたいだった。

「お、おかしくないですか……トール、さま」

「ないです。というか、むちゃくちゃかわいいです」

「ふぇぇっ⁉」

素直な感想を口にすると、アグニスの顔が真《ま》っ赤《か》になった。

メイベルが用意したのは、彼女とおそろいのメイド服だ。真っ白なエプロンと、ヘッドドレスがついている。リボンを赤にしているのは、炎のイメージに合わせたのだろう。

もちろん、胸元では『健康増進ペンダント』が光っている。

「メイベルとおそろいってのがいいですね。仲のいい姉妹みたいに見えますよ」

「さすがトールさま、うれしいことをおっしゃいますね」

優しい笑みを浮かべながら、メイベルが俺の側《そば》にやってくる。

そうして、耳元に顔を寄せて、

「でも……姉妹って呼ぶのは、ここだけにしてくださいね。私とアグニスさまでは身分が違います。

ライゼンガさまに聞かれたら、怒られちゃいますから」

「わかった。それで、ペンダントはちゃんと作動してる？」

「もちろん。大丈夫です」

メイベルは優しい姉のような目で、アグニスを見つめている。

アグニスは照れているようだけど——炎が噴き出す気配はない。

代わりに胸元のペンダントが光を発している。

アグニスの『火の魔力』を、『木』『土』『金』『水』の魔力に変換してるんだ。

変換された魔力は、属性ごとに効果を発揮する。

具体的にはアグニスを健康にして、心身ともに強化する効果を。


『火属性の魔力により：活力＋100％を得ました』


『余剰分《よじょうぶん》の火の魔力を、他の属性の魔力に変換します』

『火の魔力を、土の魔力に変換しました。土属性の効果：安定＋100％を得ました』

『土の魔力を、金の魔力に変換しました。金属性の効果：強固＋100％を得ました』

『金の魔力を、水の魔力に変換しました。水属性の効果：柔軟＋100％を得ました』

『水の魔力を、木の魔力に変換しました。木属性の効果：生命力＋100％を得ました』


ペンダントから、声が聞こえた。

勇者の世界では、魔力の属性は常に変化するものらしい。

同じようにこのペンダントは、アグニスの強力な『火の魔力』を別の属性の魔力に変換し続けている。すべての魔力は、彼女を強化して、健康にするのに使われていく。

だから、炎は出ない。

代わりに、アグニスがどんどん強く、健康になっていくんだ。

「……すごいです。炎がまったく出なくて……身体《からだ》がすごく……軽い……ので」

アグニスはメイド服のスカートをひるがえして、くるくると回っている。

そのまわりをサラマンダーが飛び回っている。

アグニスは彼らに触れようと、床を蹴《け》ってジャンプ。

その身体が──ふわり、と、天井近くまで浮き上がった。

「え、えええええっ⁉」

「今のアグニスさんは『火の魔力』をすべて、身体を強化するのに使ってる状態なんです」

俺は説明した。

「瞬発力やジャンプ力も強くなってます。慣れるまで時間はかかると思いますけど、でも、炎で服や物を焼いてしまうことはないはずです。これからゆっくりと、新しい生活に慣れて──」

「ち、違います。アグニスは今、下着をつけてない……ので」

「あ」

アグニスの身体が落下すると同時に、空気をはらんだスカートが広がる。めくれあがる。

彼女は慌ててそれを押さえようとして──

でも、間に合ったかどうかは、お互い、コメントしなかった。

「……ごめんなさい」

「き、気にしてないので、平気なので！」

アグニスがそう言うと、『健康増進ペンダント』が光を放った。


『火属性の魔力により：活力＋１５０％を得ました』


『余剰分の火の魔力を、他の属性の魔力に変換します』

『火の魔力を、土の魔力に変換しました。土属性の効果：安定＋１５０％を得ました』

『土の魔力を、金の魔力に変換しました。金属性の効果：強固＋１５０％を得ました』

『金の魔力を、水の魔力に変換しました。水属性の効果：柔軟＋１５０％を得ました』

『水の魔力を、木の魔力に変換しました。木属性の効果：生命力＋１５０％を得ました』


「……うぅ。パワーアップすると、照れてるの……わかっちゃう」

「副作用です。ごめんなさい」

「い、いえいえ。こちらこそ、お見苦しいものを……」

「見苦しくはな……じゃなくて、見てません。はい」

それはともかく、実験は成功だ。『健康増進ペンダント』は効果を発揮してる。

アグニスの身体からは、もう炎は出ない。

彼女はメイベルと一緒に着替えて、俺たちと見つめ合って……色々見られている。

そこまでしても炎が出ないなら、たぶん、もう大丈夫だ。

「身体のコントロールは大丈夫ですか？　アグニスさん」

「は、はい。問題ないので！」

アグニスはメイド服姿で、うれしそうに笑っている。

「身体と力のコントロールは、問題なくできます。それに、このペンダントはとても優しくて……全身がふわりと強くなる感じなので、大丈夫です」

よかった。身体の動きはちゃんとコントロールできるようだ。

『健康増進ペンダント』は、火の魔力を完全に制御してる。

これでもう、アグニスは炎を気にせず、好きな服を着られる。友だちの側《そば》にいても大丈夫だし、好きな場所に行ける。

うまくいって、本当によかった。

「でも……勇者の世界では、こういうアイテムが当たり前に売ってるんだよな……」

この世界に召喚された勇者の中にも『健康増進ペンダント』を使ってた人がいたんだろうか。

そういえば……「貴様！　よくもオレの仲間を傷つけたな──っ‼」と叫んだあとで超絶覚醒《ちょうぜつかくせい》した勇者の話を聞いたことがある。

その人も『健康増進ペンダント』を使って感情を魔力や力に変えていたのかもしれない。

本当に勇者の世界って、すごいな。

「ありがとうございました。トールさま」

「メイベル？」

「これで私は、願いを叶《かな》えることができます」

深々と頭を下げたメイベルが、笑った。

それから彼女はゆっくりと、アグニスに向かって腕を伸ばして——

「失礼します。アグニスさま」

「……メ、メイベル？」

とまどうアグニスを、メイベルは、ぎゅ、と、抱きしめた。

「メ、メイベル。だ、だめ。アグニスは、感情がゆれると、炎が」

「もう大丈夫ですよ。アグニスさま」

メイベルは、アグニスの耳元にささやく。

「ずっと怖かったんですよね？　自分の炎が、誰かを傷つけることが」

「……あ」

「たぶん、その恐怖をアグニスさまに与えてしまったのは、私です。ごめんなさい」

「ち、違うの。子どものときにメイベルを火傷《やけど》させたのは……アグニスが……自分の中の魔力にびっくりしたから魔力が暴走したの。悪いのはアグニスだから……ごめんなさい……メイベル」

「あのときも、アグニスさまは何度も謝ってくださいましたね……」

そう言ってメイベルは、アグニスの髪をなでた。

アグニスはびっくりしたように目を見開いて——でも、されるがままになってる。

「でも……私があのとき、火傷におどろいて泣いたりしなければ……アグニスさまはもっと落ち着いて、ご自身の魔力と向き合えたかもしれません。鎧《よろい》を着ることもなく、魔力を制御できたかもしれないんです」

「……ち、ちが。メイベルのせいじゃない！　メイベルのせいじゃ……」

「でも、もうそれも終わりです。アグニスさまはもう、誰《だれ》も傷つけることはないんです。こうして誰かとくっついてもいいんですよ？」

「…………メイベル」

「ね？」

「……うん。うん、メイベル……」

アグニスの目から涙がこぼれて——そうして、アグニスは泣きだした。

子どもみたいに。わんわん……って。

もちろん、彼女の身体《からだ》から炎は出ない。

『健康増進ペンダント』は火の魔力を、きちんと別の魔力に変換し続け、それを表すメッセージを鳴らしている。

それがおかしいのか、アグニスは泣き笑いの顔になってる。

「では、次はトールさまの番ですね」

そう言って、メイベルはアグニスの身体を放した。

「トールさまも私のように、アグニスさまを、ぎゅっ、としてあげてください」

「俺も？」

「せっかくなので」

「メ、メイベル⁉　ど、どうして……トール・リーガスさま、まで？」

「せっかく人と触れ合えるようになったんですから、この機会にと思って」

「で、でも……でも」

「あれ？　アグニスさまは、トールさまに、ぎゅっ、として欲しくないんですか？」

「──⁉　そ、それは違うの。して欲しくないなんてこと……ないので」

メイベルの問いに、ぶんぶん、と、頭《かぶり》を振るアグニス。

「それなら、いいですよね？」

「で、でも。トール・リーガスさまは……そういうことするのが……嫌かもしれないので」

「トールさま、アグニスさまを抱っこするのはお嫌ですか？」

「嫌じゃないです」

思わず即答してた。

というか、この質問はずるいと思う。

面と向かって聞かれて、「嫌だ」と答えられるわけがない。

それに俺には『健康増進ペンダント』を作った者としての責任がある。アグニスが、メイベル以外と抱き合っても大丈夫かどうかチェックしておかないと。

そう自分に言い聞かせて、俺はアグニスの方へ進み出る。

アグニスは覚悟を決めたのか、俺に向かって両腕を広げてる。

左右にはサラマンダーが飛んでいて、「ぐるる」「ぐるる」ってうなずいている。
アグニスの問題を解決した俺を、彼らも受け入れているらしい。
俺はアグニスの肩に手を置いた。
……そういえば今のアグニスは下着をつけてないんだっけ。
その状態で抱きしめるのは、色々とまずいような……。
でも、アグニスの顔は、もうすぐ近くまで来ている。
呼吸音がしないのは、緊張した彼女が、ぐっ、と息を止めているから。
……ここで止めるのはよくないな。うん。
そうして俺が、アグニスを抱きしめようとした——とき。

「アグニス——っ！　どこに行ってしまったのだ。アグニスぅ……」

お風呂場《ふろば》の外——廊下に、ライゼンガ将軍の叫び声が響き渡ったのだった。

第23話「火炎将軍ライゼンガを説得する」

「むむ？　ここは風呂場か。湯沸かし係のサラマンダーなら、アグニスの居場所を知っているかもしれぬ！」

廊下側のドアが開いた。

入り口につっかえそうなほどの巨体が見えた。ライゼンガ将軍だ。

「おぉ。ここにいたのかアグニス……よ？」

ライゼンガ将軍の真っ赤《まか》な目が、アグニスの方を見た。

目を閉じて、俺に抱きしめられるのを待っているアグニスを。

それからライゼンガ将軍は、俺の方を見た。

将軍の声におどろいて、アグニスを抱きしめようとするポーズのまま──硬直してしまった俺を。

「……貴様。なにをしている⁉　アグニスになにを──っ⁉」

ずん、と、床が揺れた。

ライゼンガ将軍は床を踏みしめながら、まっすぐ、こっちに向かって来る。

「お待ちくださいライゼンガさま！」

その前に、メイベルが立《た》ち塞《ふさ》がる。

ライゼンガ将軍は肩を怒らせながら、

「どけい！　メイベル‼」

「どきません！　トールさまは私のご主人様です！　それにあの方はアグニスさまのために――」

「メイド風情《ふぜい》に我は止められぬ‼」

ライゼンガ将軍が床を蹴《け》った。

巨大な身体が、真横に跳んだ。

速い。あれが火炎将軍の動きか……。

メイベルが反応できてない。ライゼンガ将軍はメイベルを避《よ》けて、素早いフットワークで――俺の前にやってくる。鋭い目を光らせて、俺をにらむ。

「来い！　貴様は我が領地に連れて行く。そこで、アグニスに手を出した罪をつぐなわせてやる！」

「その前に話を聞いてくれませんか。ライゼンガ将軍」

「貴様と話す口など持たぬ！」

「あなたは今のアグニスさんを見て、なにも気づかないんですか？」

「――む？」

反応があった。

ライゼンガ将軍が再び、アグニスの方を見た。

そして――

「お、おぉ？　アグニスが鎧ではなく……普通の服を⁉」

「俺は錬金術師です。だから、アグニスさんの事情を聞いて、対策を考えました」

よし。今のうちに説明を――

「アグニスさんが火炎を制御できなかったのは、『火の魔力』が強すぎるせいですよね？　その魔力を変換することで、炎を抑えることが――」

「貴様は……アグニスをだまして服を着せたのだな⁉」

「はい？」

「炎に耐えられる布だと言って、アグニスにメイド服を着せたな⁉　それが徐々に燃えていくのを見て、段階的にアグニスを裸にするつもりなのか⁉　なんということを考えるのだ貴様は！　この変態め‼」

「話を聞いて‼」

「うるさい！　いいからこちらに来い‼　我の我慢にも限度があるぞ。見よ‼」

ぶぉん、と、ライゼンガ将軍の髪から炎が生まれた。

「これが火炎将軍の炎だ！　この力を恐れるならおとなしく言うことを聞――」

「収納！　火炎‼」

俺が宣言すると、ライゼンガ将軍が発した炎が『携帯用超小型物置』に吸い込まれる。

アグニスはあの物置を、持ち歩いてくれてた。さっき着替えたときに、テーブルの上に置いておいたんだ。それが役に立った。

「な⁉　炎が吸い込まれた――だと⁉　き、貴様は一体……？」

「俺は魔王陛下に雇われた錬金術師です」

ライゼンガ将軍の目を見返して、俺は言った。

「この魔王領に住む人の問題を解決して、住みやすい場所にするのが俺の目的です。だから、アグニスさんの魔力の問題を解決する方法を考えました。それだけなんです」

「……………う、うぅ」

「俺のことが信じられないのはわかります。でも、話くらいは聞いてください。将軍！」

「むむ……」

将軍は頭を振って、再び、俺をにらんで──

「と、とにかく来い！　話はそれからだ！」

俺に向かって手を伸ばした。

けれどその手は、俺には届かない。

「……いいかげんにしてください。お父さま！」

アグニスが、ライゼンガ将軍の腕をつかんでいたからだ。

将軍は興奮してて気づかなかったようだけど、さっきからずっとそうだった。

アグニスは将軍が俺の前に来たとき、すでにその動きを封じていたんだ。

「お父さま……謝って」

アグニスの細い指が、ライゼンガ将軍の赤銅色の腕に食い込んでる。

将軍はアグニスの手を振り払おうとする。けれど、その腕はぴくりとも動かない。

アグニスは手に力を込めて、怒りに満ちた目で将軍を見つめている。

でも、彼女の身体《からだ》から炎は出ていない。

代わりに、胸元の『健康増進ペンダント』が、光を発し続けてる。

『火属性の魔力により：活力＋２５０％を得ました』

『余剰分《よじょうぶん》の火の魔力を、他の属性の魔力に変換します』

『火の魔力を、土の魔力に変換しました。土属性の効果：安定＋２５０％を得ました』

『土の魔力を、金の魔力に変換しました。金属性の効果：強固＋２５０％を得ました』

『金の魔力を、水の魔力に変換しました。水属性の効果：柔軟＋２５０％を得ました』

『水の魔力を、木の魔力に変換しました。木属性の効果：生命力＋２５０％を得ました』


「う、動けぬ……だと⁉　アグニス。お、お前は一体⁉」

「トールさまはアグニスのためにがんばってくれたのに……」

「……な、なに？」

「アグニスが普通の服を着られるようになったのは、トールさまのおかげなのに……お父さまは、どうして話を聞いてくれないの‼」

　アグニス、本気で怒ってる。

　細腕で、ライゼンガ将軍の動きを完全に制してる。すごい……。

「は、放せ！　我はお前のためを思って──ぐぬぅ‼」

ライゼンガが全身に力を込める。床に亀裂が走る。

だけど、アグニスは揺るがない。

空いた手で、ライゼンガ将軍のもう片方の腕もつかむ。

振りほどこうとする将軍を、押さえ込む。

「な、なんだと⁉　ど、どうして、お前にこんな力が⁉」

「アグニスは……怒ってるので。あふれる魔力を、使ってるので！」

「怒っている⁉　だが、炎はどうした⁉　お前は感情がたかぶると、炎が出るはずでは⁉」

「トールさまのおかげで、アグニスは成長したの」

『火の魔力』を発するアグニスの目が、赤く輝きはじめる。

彼女の魔力はすべて『健康増進ペンダント』に注がれてる。そこからアグニスは、普段の数倍の活力と安定性と強固さと、柔軟性と生命力を引き出しているんだ。

活力と生命力は、ライゼンガ将軍の動きを封じるほどのパワーを。

安定性と強固さは、将軍がいくら力を入れても揺らがないほどの強靱さを。

柔軟性は、しなやかで力強い運動能力を。

それら全部をフル活用してるアグニスは、とんでもない力を発揮してる。

「アグニスの炎は、誰かを傷つけることしかできなかったです。でも、トールさまにいただいた……この力なら、大切な人を守ることもできるので――！」

『火属性の魔力により：活力＋４００％を得ました』

『余剰分の火の魔力を、他の属性の魔力に変換します』

『火の魔力を、土の魔力に変換しました。土属性の効果：安定＋４００％を得ました』

『土の魔力を、金の魔力に変換しました。金属性の効果：強固＋４００％を得ました』

『金の魔力を、水の魔力に変換しました。水属性の効果：柔軟＋４００％を得ました』

『水の魔力を、木の魔力に変換しました。木属性の効果：生命力＋４００％を得ました』


『健康増進ペンダント』は発動を続けている。

「ぐ、ぐぬぬぅぅぅぅ……っ⁉」

ライゼンガ将軍はもう、身動きひとつできなくなってる。

「すごい。これが勇者世界のアイテムの力か」

「いえ、すごいのはトールさまだと思います……」

でも、もっとすごいのはアグニスだ。

彼女はライゼンガ将軍の両腕をつかんで、その動きを封じて――

「……アグニスは……お父さまをいつも、心配させてきました。ごめんなさい……」

「い、いや。親が最愛の娘を心配するのは当然――」

「だけど、アグニスの話も……聞いて欲しい……です。トール・リーガスさまはアグニスにとって、とても大切な人なので……」

アグニスは父を見つめながら、つぶやいてる。

「トール・リーガスさまはアグニスが『原初の炎の名にかけて』お仕えしたい人、なので！」

「アグニス、そ、その言葉は……おおおおおっ⁉」

「だから、お父さま。トール・リーガスさまに謝って‼」

アグニスがゆっくりと、ライゼンガ将軍の巨体を持ち上げていく。

2メートル近くある巨体を、軽々と。

自分の真上──頭上まで。

「あのさ。メイベル」

「はい。トールさま」

「異世界から来た勇者の伝説で、ドラゴンを持ち上げた人の話があるんだけど、知ってる？」

「存じております。ドラゴンの腹の下に潜り込んで、その巨体を持ち上げたと」

「いくら勇者でも話を盛りすぎだと思ってたけど、事実なのかもな」

「そうですね。今度、魔王城の記録を調べてみますね」

「お願いするよ」

俺とメイベルは親子ゲンカを見守っていた。

とにかく将軍に落ち着いてもらわないと、話もできないから。

アグニスは額に汗を浮かべて、ライゼンガ将軍の巨体を持ち上げている。

両腕を封じられたライゼンガ将軍は、じたばたすることしかできない。

「な、なんとかしてくれ。サラマンダーたち！」

パニック状態の将軍は、配下のサラマンダーに呼びかける。

その声に応《こた》えて、サラマンダーたちが湯沸かし場から飛んでくる。

だけど——

「ぐるる！」「ぐるっる！」「ぐっるるー！」

ぺちぺち、ぺちぺち。

サラマンダーたちは、羽と尻尾《しっぽ》で、ライゼンガの手足を叩《たた》くだけ。

「お、お前たちまで、我《われ》が悪いと言うのか……そうか……」

ライゼンガ将軍は、泣きそうな顔になってる。

魔王領でも名高い火炎将軍が、娘のアグニスに動きを封じられて、持ち上げられて、眷属《けんぞく》のサラマンダーにもそっぽを向かれちゃったんだもんな……。

さすがに、気の毒になってきた。

「話を聞いてくれますか。ライゼンガ将軍」

俺は将軍を見上げながら、訊《たず》ねた。

「将軍の許可なくアグニスさんにマジックアイテムを作ったことが気に障ったのはわかります。でも、話くらいは聞いてください」

「……お父さま！」

「お願いいたします。ライゼンガさま」

「「「ぐるるーっ!!」」」

俺とアグニスとメイベル、サラマンダーたちは、ライゼンガ将軍に訴えかける。

そして──

「悪かった……すまぬ」

やがて、将軍の身体《からだ》から、力が抜けた。

「聞く。話を聞かせてもらう。トール・リーガスどのにも詫《わ》びる！　火炎将軍ライゼンガの名にかけて約束する！」

「ありがとうございます。将軍」

「だ、だから、放してくれ、アグニスよ……」

涙声で、ライゼンガ将軍は言った。

「ここには配下のサラマンダーもいるのだ。火炎将軍ともあろうものが……こんな姿をさらしていては、示しがつかぬではないか……」

こうして、ライゼンガ将軍は降参して──

とりあえず俺たちは、落ち着いて話をすることにしたのだった。

第24話「ユーザーサポートを提案する」

「と、いうわけです。トール・リーガスさまは、アグニスのために……炎を抑えるアイテムを作ってくださったのです」

その後、アグニスは事情を、ライゼンガ将軍に説明してくれた。

彼女が風呂場《ふろば》で偶然、俺と出会ったこと。(もちろん、アグニスが裸で踊ってたことは隠しておいた)

彼女が俺に、『火の魔力』と発火体質について話してくれたこと。

アグニスの同意を得て、俺が錬金術で、『炎を抑えるアイテム』を作ることになったこと。

完成した『健康増進ペンダント』によって、アグニスの発火体質が治ったこと。

そんなことを──呆然《ぼうぜん》と床に座り込むライゼンガ将軍に向かって、アグニスは説明し続けたんだ。

「トール・リーガスさまは、アグニスのためにがんばってくださいました。そしてこれが、アグニスの火の魔力を、他の魔力に変換することで炎を抑えるアイテム、『健康増進ペンダント』です」

アグニスは胸元で光るペンダントを、父親に示した。

「だから今のアグニスは、メイベルと同じ服を着ていられるの。トールさまは、変なことをしようとしたわけじゃないの。わかってくれましたか。お父さま」

「な……なんと、そのようなことが……」

ライゼンガ将軍は震えてる。

予想外のことが起こりすぎたからね。しょうがないよね。

「トール・リーガスどののアイテムがアグニスの炎を抑えた？　本当に？」

「ごらんの通りです。お父さま」

アグニスは『健康増進ペンダント』を両手で包み込んだ。

「このアイテムのおかげで、アグニスは……服を着られるようになりました。ずっと夢だった……可愛《かわい》い服を着ることもできるようになったの。なのにお父さまは！　その夢を叶《かな》えてくれたトールさまに、なんてことをしたの⁉」

「すまぬっ！」


がんっ！


ライゼンガ将軍が、床に額をたたきつけた。

土下座だった。

「知らぬこととはいえ、アグニスの恩人になんと無礼なことを……我は自分が恥ずかしい！　申し訳なかった‼」

がんっ。がんっ。

続けざまに、額を床にたたきつけるライゼンガ将軍。

「トール・リーガスどの。どうか我を罰するがいい‼」

「あ、はい」

それしか言葉が出てこなかった。

アグニスが説明をはじめてから、ライゼンガ将軍の態度が急変していったからだ。

最初は立って話を聞いていたのに、いつの間にか正座になってた。最終的には土下座してた。

さっきとはうってかわっての低姿勢だった。

「……我以外に、そこまでアグニスのことを考えてくれる者がいるとは思わなかったのだ。本当に、申し訳なかった」

将軍は床に額を押しつけたまま、つぶやいてる。

「トール・リーガスどの、お主は……いい人だったのだな。それに比べて我はなんと愚かな。火炎将軍などとたいそうな名で呼ばれながら、人の本質を見極めることもできぬとは……ここまで人を見る目が曇っていようとは……」

ライゼンガ将軍は、がばっ、と顔を上げた。

そのまま、腕を伸ばして、親指を立てて──

「よし。役立たずの目など潰《つぶ》すとしよう！」

「アグニスさん、将軍を止めて！」

「はい！」

自分の目に指を突っ込もうとするライゼンガ将軍と、それを押さえるアグニス。

アグニスの細い指がつかむと、ライゼンガ将軍の腕はぴたり、と止まる。

ライゼンガ将軍の太い腕に力が入り、血管が浮き出る。

それでもアグニスの細腕が、しっかりとライゼンガ将軍を止めている。

「ぐ、ぐぬぬ！　は、放すのだアグニス。武人として、不覚を詫びねば気が済まぬ！」

「だから、話を聞いてくださいと言いました！　お父さま‼」

「……あ」

アグニスの言葉に、ライゼンガ将軍が目を見開く。

それから、ゆっくりと、将軍の腕から力が抜けた。

「自分の目を潰すとか、やめてください。やりすぎです」

俺は言った。

「そこまでしなくていいです。俺はこれからも魔王領にいるんです。将軍の顔を見るたびに、そのことを気にするのは嫌ですから」

「……う、うむ……そうか。そうだな」

「それに、将軍はアグニスさんの発火体質が治ったことを知らなかったんですよね？　その状態で、アグニスさんが普通に服を着ていたら、怪しく思うのは無理もないですから」

将軍はアグニスのことを本当に大切にしてる。それがすごく、よくわかる。

俺に謝るために、自分の目を潰そうとするんだもんな。視力をなくしたら、将軍の仕事だってできなくなるのに。

子どもを人質や生け贄《いけにえ》にしようとしたうちの親より、はるかにましだ。

……なんだか、うらやましいな。

魔王領の親子ってこんな感じなのか。

「これから普通に接してくれれば、それでいいですよ。将軍」

「わかった。トール・リーガスどのの言葉に従おう」

ライゼンガ将軍はまた、頭を下げた。

「だが、我の失態については、魔王陛下に報告させてもらう。トール・リーガスどのが、アグニスにしてくれたことも含めてな。そうでなければ気が済まぬ」

「わかりました。それでいいです」

結局、こっちの被害はなかった。

将軍が出した火炎は『携帯用超小型物置』で吸い取ってたし、その動きはアグニスが封じてたからね。

「でも……やっぱり、話くらいは聞いて欲しかったです」

そんな言葉が、口をついて出た。

「武人であるライゼンガ将軍が、戦う力のない人間を嫌うのはわかりますけど……」

「違うのだ。我《われ》がトール・リーガスどのを見下してしまったのには、別の理由があるのだ」

「別の理由？」

「帝国から客人が来ると聞いたとき、我は思ったのだ。アグニスと手合わせさせて、魔王領の皆に、娘の炎の力を見せつけてやろうと」

がっくりと肩を落として、将軍は話し始めた。

床に置いたままの『火炎耐性の鎧《よろい》』を見つめながら、辛《つら》そうな表情で。

「アグニスは強力な『火の魔力』を持っている。それは先祖である『火炎巨人《イフリート》』の血によるもので、なんら忌むべきものではない」

「はい。知ってます」

「だが、そのせいでアグニスは炎を制御できず、鎧を身につけて生活することになった。我は、娘に不自由な暮らしをさせているのが申し訳なくてなぁ。せめて、発火能力があることの良い面を教えてやりたかったのだ」

「だから帝国から来た俺と戦わせようとしたってことですか」

「うむ……その通りだ」

ライゼンガ将軍は気まずそうに視線を逸《そ》らして、

「帝国の者は皆、強力な武人だと聞いていたからな。そのような者と手合わせすれば、アグニスの名は上がる。それでアグニスが自信をつけてくれればいいと、そう思っていたのだ」

「でも、来たのは武将じゃなくて錬金術師だった」

「そうだ。それで……がっかりしてしまってなぁ。つい失礼なことを言ってしまったのだ。本当に申し訳なかった……」

そういうことか。

アグニスは強すぎる火の魔力のせいで、服を着ることも、人に近づくこともできなかった。

だからライゼンガ将軍は、アグニスに自信をつけさせたかった。火の魔力と発火能力が役立つものだということを実感させるために、強者《つわもの》と戦わせようとした。

でも帝国から来たのは武人ではなく、戦う能力のない錬金術師だった。

期待が外れ、将軍はがっかりしてしまった。

そのせいで、つい、俺にきつく当たった――ってことか。

「いや、これも言い訳だな。今回のことはすべて、我の失態だ」

ライゼンガ将軍は言った。

「頼むトールどの。貴公にお詫《わ》びをさせてくれ。アグニスに作ってくれたアイテムの報酬も払いたい。なんでも言ってくれ」

「報酬ですか……」

そういえば、考えてなかった。

『通販カタログ』を見て「『健康増進ペンダント』なんてものがあるんだ。すげー、作ろう！」

――で、一気に仕上げちゃったからなぁ。

でも、報酬がもらえるなら――

「それなら、錬金術の素材をいただけないでしょうか。将軍の領土には鉱山があるんですよね？貴重な金属や鉱物、めずらしい石なんかがあったら分けてもらえませんか」

「うむ。もちろん構わぬぞ」

「でも、選ぶのが大変ですよね？　どれが役に立つか、専門家じゃないとわからないですから。だから機会を見て、俺を領地まで連れていってもらえませんか？」

「わかった。いつでも言ってく――」

「ついでに、領地の人たちに紹介してくれると助かります。俺は将来、誰《だれ》でも立ち寄れる錬金術の工房を作るのが夢なんです。『こういう仕事をしてます』と知ってもらえれば、お客に来てもらえるかもしれません」

「う、うむ……？」

「もちろん、鉱山の開発が始まってからでいいです。それと、火山には不思議な組成の鉱物があるって聞いたことがあります。そういえば隕鉄《いんてつ》ってご存じですか？　空から降ってくる石から採れる鉄のことなんですけど、山にはそういう変わったものが──」

「トールさまトールさま」

気づくと、メイベルが俺の服の裾《すそ》を引っ張ってた。

「お気持ちはわかりますが、別の話になっちゃってますよ？」

「……あ」

ライゼンガ将軍が、ぽかん、としてる。

メイベルもアグニスも、困ったような顔になってる。

いけない。錬金術師の欲望が暴走してた。

「つまり……報酬をいただけるなら、錬金術の素材をください、ということです。それと、将軍の領地に行って、素材を探す権利をください。もちろん、領地に入って採掘を行うときは許可を取りますから」

俺は改めて、将軍に告げた。

「それが今回の報酬と、将軍からいただくお詫びということで、どうでしょうか？」

「貴公の要求はすべて受け入れよう」

将軍は立ち上がり、俺に向かって深々と頭を下げた。

「ライゼンガ・フレイザッドの名において、トール・リーガスどののご厚意に感謝する。また、我が娘のためにアイテムを作ってくれたことは忘れぬ。フレイザッド家は魔王陛下に次ぐ忠誠を、トール・リーガスどのに捧《ささ》げよう」

「ありがとうございます」

そこまでしなくてもいいんだけど……将軍にも譲れないラインはあるんだろうな。

「メイベルにも申し訳ないことをした。お主はトール・リーガスどのを守ろうとしていたのにな。アグニスの幼なじみの話を、我はもっと聞くべきであった」

「まったくです」

メイベルは腰に手を当てて、将軍をにらんでる。

「私はずっと将軍に魔術を放つのを我慢していたのです。将軍は、大切なご主人様を連れ去ろうとしたのですから。アグニスさまが将軍を止めていなければ、本気で魔術攻撃をしていました」

「……も、申し訳ない」

「それに、あのまま将軍がトールさまを連れ去ったら……陛下のお怒りを買うところでしたよ？将軍はトールさまが魔王陛下にとっても大切なお客だということを、もっとよく知るべきです」

「わかった……我から、魔王陛下にお詫びする。だがな、メイベルよ」

「はい」

「我からお主に、頼みがあるのだ」

将軍はメイベルとアグニスの方を順番に見て、言った。

「昔のように、アグニスと仲良くしてはくれぬか。名前で呼びあう、友として」

「もちろんです」

メイベルはアグニスの手を取って、笑った。

「私もずっと、アグニスさまと、こうして手を繋《つな》ぎたかったんですから」

「……メイベル」

アグニスは涙を浮かべて、メイベルを見てる。

ライゼンガ将軍は満足そうに、

「身分差は気にせずともよい。我も今回の失態によって、将軍位を返上することになるかもしれぬからなぁ……いや、そうなったらアグニスと過ごす時間が増えるな！　良いかもしれぬ！　魔王陛下に今回の件を伝える際に、願い出てみるのも……」

「魔王領が大騒ぎになるからやめてください」

俺はあわてて将軍を止めた。

まったく。魔王ルキエが知らないうちに、大きな話になっちゃってる。

あとで彼女に説明するのが大変だ。

「我はこれから魔王陛下の元へ向かう。我の失態も含めて、ありのままを話すつもりだ。トール・リーガスどのが、アグニスにしてくれたことも な」

「そうですね。『健康増進ペンダント』の効果についても、伝えておいてください」

「もちろんだ。トール・リーガスどのが功績を誇るのは当然――」

「いえ、他にもアグニスさんと同じ悩みを持つ人がいるかもしれませんから」

アグニスの発火体質は、先祖返りによる強力な火の魔力が原因だ。

となると、他にも似たような人がいるかもしれない。

『健康増進ペンダント』は、そんな人の役に立つはずだ。

いいよね。自分が作ったマジックアイテムが普及していくのって。

「というわけなので、魔王陛下と宰相さまに『健康増進ペンダント』の効果をよーく伝えておいてください。お願いします」

「わ、わかった……」

「それと、アグニスさん」

俺はアグニスの方を見た。

「ちょっとそのペンダントに触れさせてください。最後の調整をしますから」

「は、はい。どうぞ」

アグニスはメイド服の胸元から、ペンダントを取り出した。

それに触れて、俺は『創造錬金術《オーバー・アルケミー》』を起動。

調整をして、ペンダントをアグニスに返した。

「これで、ペンダントから声が出ないようになりました。魔力を変換するたびに、いちいちメッセージが聞こえてたら大変ですからね」

「本当にありがとうございます。トールさま。なんとお礼を言っていいか……」

「あと、こっちは予備です。なくしたとき用の」

「……本当に、なにからなにまで……ありがとうございます」

アグニスは目を閉じて、2個目のペンダントを抱きしめた。

「これから……アグニス・フレイザッドはなにがあっても、トール・リーガスさまのために力を尽くすことを誓います。『原初の炎の名にかけて』」

「さっきも聞きましたけど、その言葉って、なにか意味があるんですか？」

「ひ、秘密なので」

ペンダントで口元を押さえるアグニス。

なんだか危険な感じがしたので、突っ込むのはやめておいた。

「なにか問題があったら、遠慮なく言ってください。ユーザーサポートがついてますから」

「『ゆーざーさぽーと』？」

「勇者の世界には、そういうものがあるんです」

『通販カタログ』には、そんなことが書いてあった。

『使用上のトラブルがあった際は「ユーザーサポート」に連絡してください』って。

さらに、アイテムが届いてから2週間以内なら返品ＯＫ。

効果が実感できない場合は、返品を受け付けるようになっていたらしい。

少しでも勇者の世界に近づくため、俺もそれを真似《まね》することにしたんだ。

「2週間以内に効果が実感できない場合は――」

「いえ、もう、効果は十分に感じてますので！」

「返品の際には――」

「絶対に返品しません！」

「ユーザーサポートの際は――」

「トール・リーガスさまに会いに行きます！」

そう言ってアグニスは俺の手を取った。

「あなたがアグニスを、どれほど幸せにしてくださったかお伝えして……そうして、あなたが望むことは、なんでも叶《かな》えてさしあげます。そういう『ゆーざーさぽーと』しますから」

「ユーザーサポートってそういう意味なんでしょうか？」

商品を作った方が、受け取った方をサポートするものだよね？

ユーザーサポートって商品を受け取った方が、製作者の面倒を見ることじゃないよね。たぶん。

「トール・リーガスさまの願いを叶えることがアグニスの幸せなので」

そう言って、アグニスはまっすぐ、俺の目を見つめて──

「アグニスにも、トール・リーガスさまをサポートさせてください」

──めいっぱいの笑顔で、そんなことを宣言したのだった。

第25話「メイベルとアグニス、ないしょ話をする」

しばらくして、お風呂場《ふろば》が開く時間になったので、俺たちはそこで解散することにした。

俺はそのまま自室に戻り、ライゼンガ将軍は魔王ルキエのところに、今回の件について報告に行くことになったんだけど——

「あ、あの……メイベル！　ちょっとお話……いいですか」

アグニスが、戻ろうとするメイベルを呼び止めた。

それから、ふたりっきりで話をしたい、と言ったのだった。


——メイベル視点——


メイベルとアグニスが向かったのは、城のバルコニーだった。

すでに陽《ひ》は暮れかけて、山の稜線《りょうせん》は赤く染まっている。

まわりに人の気配はない。

ないしょ話には、ちょうどいい場所だった。

「こ、今回は、本当に……ありがとう。トールさまと一緒に、来てくれて。メイド服を、貸してくれて。おかげで落ち着いて、このペンダントの実験ができたので」

「はい、アグニスさま」

「メイド服は洗って返すので。それと、領地に戻ったら、ちゃんと、トールさまとメイベルのために、お礼の品を、用意するので。それから……それから！」

「あわてなくても大丈夫ですよ」

メイベルは夕陽の中で、優しい笑みを浮かべていた。

「私はいなくなったりしません。いつでもこの城に……トールさまのお側《そば》にいます」

「……いいなぁ、メイベル」

「はい。私は、トールさまのお世話係になれたことを感謝しています」

そう言って目を閉じ、祈る形に手を組み合わせるメイベル。

「トールさまが魔王領に来られて、まだ数日なんて信じられないくらいに……私は、トールさまのお側にいることが、自然なことだと感じているのです」

「メイベル……」

「でも、陛下は『お世話係はひとりだけ』とおっしゃったわけではありませんよ？　アグニスさまも同じお役目につきたいのなら、魔王陛下にお話しされてみたらどうですか？」

「……アグニスは……まだ、無理だと思うので」

アグニスは真っ赤《まか》になって、首を横に振った。

「アグニスは鎧《よろい》を脱げるようになったばかりだから……新しい生活に慣れるのが先だと思うの。今は、色々なことを勉強して、きちんとトール・リーガスさまをサポートできるようになりたいの」

「ご立派です。アグニスさま」

「そうじゃないと、トールさまやメイベルに迷惑をかけるかもしれないでしょ？」

夕方の風に髪をなびかせながら、アグニスは笑った。

「ちゃんとトール・リーガスさまのサポートができるようになったら、そのときは……メイベルと同じお役目につくかもしれないの。そのときはよろしくお願いします。先輩」

「わかりました。そうなったらお世話係の先輩と後輩、ですね」

メイベルはうなずいた。

「楽しみにしていますね。アグニスさま」

「うん」

「すいません。アグニスさまがそこまで考えているとは知らずに、勝手なことを言ってしまって」

「あやまらなくてもいいの」

アグニスは目の前にいる幼なじみに、困ったような顔で、

「メイベルっていつもそう。すぐに他の人のことを優先しちゃうくせがあるの。子どものころ、アグニスがメイベルに火傷《やけど》をさせちゃったときも、泣きじゃくって……震えながら、でも『なんでもないです』って言ってたもの」

「あれは失敗でした。笑いながら言うべきでした」

「……もう。メイベルってば」

アグニスはメイベルの手を取った。

「でも、よかった。こうしてまた、メイベルと友だちになれて」

「私もです、アグニスさま」

メイベルは優しい笑みを浮かべて、アグニスの髪をなでる。

「でも他の人がいるときは、言葉遣いを考えた方がいいかもしれませんね。ライゼンガ将軍は許してくださいましたけれど、一応、身分の違いがあるのですから」

「わかってる。だからふたり……ううん、トールさまも含めて、3人でいるときは、気にしないことにしたいの」

「わかりました。3人でいるときだけですよ？」

「わかったの。それから……これを」

アグニスは、メイド服のポケットから、小さな黒い石を取り出した。

「これは、前にアグニスが山の近くで見つけた石。これを、トールさまに渡して欲しいの」

「錬金術の素材ですね？」

「さっき、トール・リーガスさまは、錬金術の素材になりそうなものを欲しい、っておっしゃってたから。これは小さすぎて、使えないかもしれないけど」

アグニスは小さな黒い石を見つめながら、続ける。

「これは高温でも溶けない……不思議な石。だからお守りに持っていたの。これならトールさまが興味を持ってくださるかな……って」

「わかりました。でも、アグニスさまが直接渡された方がいいんじゃないですか？」

メイベルは首をかしげた。

「その方がトールさまも喜ばれると思いますよ？」

「そ、それは……」

アグニスの頬《ほお》が真っ赤になった。

胸元が光るのを見て、メイベルは『健康増進ペンダント』が効果を発揮しているのだと確認。

彼女はうなずきながら、アグニスの言葉を待つ。

「い、今はやっぱり……顔を合わせるのが恥ずかしいかな。出会ってから今日までの間に、トールさまには……色々と見られてしまったので」

「もしかして……さっき、下着をつけずにジャンプしたときのことですか？」

メイベルは、思わず熱くなった頬を押さえた。

「でも、あれは一瞬のことですし、それほど気にする必要は……」

「…………」

「あれ？　違いました？」

「……そ、それは」

「教えてください、アグニスさま。トールさまにお仕えするときの参考にしますから」

「参考にするの⁉」

「私もトールさまにはご恩があります。さっきのアグニスさまのようなことでも……トールさまが望まれるなら、して差し上げても……」

「……わ、わわわ」

「……ア、アグニスさまは、他にどのようなことをされたのですか？」

「…………えっと」

「照れていらっしゃいますね。『健康増進ペンダント』も光ってます。ということは、さっきのジャンプと同じようなものだと考えられますね」

「メ、メイベル？　推理しないで‼」

「私はトールさまのお世話係なのです。アグニスさまの先輩でもあります。トールさまがよ、喜ばれるのであれば、アグニスさまと同じことをする覚悟が……」

「ま、待ってメイベル。待って」

メイベルは覚悟を決めたようにうなずいて、アグニスは真っ赤になった顔を押さえる。

それから、メイベルは「はっ」と顔を上げて、

「そういえばトールさまとアグニスさまは、昨日《きのう》、お風呂場で出会ったのですよね？　あの場所でなにがあったのでしょうか。湯沸かし場のサラマンダーなら知っている可能性が――」

「降参！　メイベルってば推理力ありすぎ！　教えるので‼」

こうしてアグニスは、昨日湯沸かし場でサラマンダーたちと一緒に、服を着ないで『火の魔力』を操る練習をしていたことを話して――

ついでに、それにトールがどう反応したのかも語ってしまい――

最終的にメイベルとアグニスは「このことは内緒にする」という約束を交わしたのだけれど――

メイベルは、トールに仕えるための新たな方法を思いついてしまったのだった。

第26話「魔王ルキエと宰相ケルヴ、ライゼンガ将軍の報告を受ける」

──魔王ルキエ視点──


「お主の方から余に謁見《えっけん》を求めるとは珍しいな。ライゼンガ・フレイザッドよ」

ここは、魔王城の玉座の間。

玉座には魔王ルキエが座り、その横には宰相ケルヴが控えている。

ふたりの前で膝《ひざ》をついているのは、火炎将軍のライゼンガだ。

彼が自分から、魔王に謁見を求めるのは久しぶりだった。

ライゼンガは物理的な強さを重視している。そのためか、まだ若い魔王ルキエを軽んじるところがあったのだった。

そんなことを考えながら、魔王ルキエが彼を見ていると──

「この火炎将軍ライゼンガ、改めて、魔王ルキエ・エヴァーガルドさまに忠誠を誓います‼」

ライゼンガは床につきそうなほど頭を下げて、宣言した。

「我が忠誠は未来永劫《みらいえいごう》、陛下のものであります。それを違《たが》えた場合は、この命と魂を差し出すと──我が主君の前で誓います。『原初の炎の名にかけて』‼」

「話が見えぬぞ、ライゼンガ……?」

「『原初の炎の名にかけて』ですと⁉」

とまどう魔王ルキエの隣で、宰相ケルヴが声をあげた。

「ライゼンガ・フレイザッドどの。あなたはご自分の言葉の意味がわかっているのですか⁉」

「どういうことじゃ、ケルヴよ」

「『原初の炎の名にかけて』とは、火炎巨人《イフリート》の血を引く者が絶対の誓いを立てるときに述べる言葉なのです。陛下」

宰相ケルヴは語り始める。

『原初の炎』は火炎巨人《イフリート》の炎の源であり、生命力の源でもあるとされている。

だから『原初の炎の名にかけて』誓った言葉は、火炎巨人《イフリート》の血を引く者には重大な意味を持つ。

彼らがその誓いを破ったときは、命を取られても文句は言わない。抵抗もしない。

生命力の源である炎が、そうさせるのだ──と。

「火炎巨人《イフリート》の血族がこの言葉で忠誠を誓ったのは、初代の魔王さまに対してだけです。『原初の炎の名にかけて』初代魔王さまとともに戦うことを誓った火炎巨人《イフリート》は、文字通りに命が燃え尽きるまで初代魔王さまに付き従い、守り続けたと言われております」

「……そのようなことが」

「陛下がご存じないのも無理はありません。この誓いが公式の場でなされたのは、魔族の歴史上、今回が二度目ですから」

「ライゼンガよ。なぜ、急にそのようなことを……？」

魔王ルキエは仮面の奥で、おどろきに目を丸くしていた。

絶対の忠誠を捧《ささ》げられるのは有り難い。主君として、誇りに思う。

けれど、どうして突然そんなことになったのか、さっぱりわけがわからないのだ。

「そちの忠誠はうれしく思う。じゃが、まずは理由を聞かせてくれぬか」

「我は自分の愚かさゆえに、恩人に無礼なことをしてしまったのです」

「無礼なこと、じゃと？」

「然《しか》り。その方は我を許してくださったのですが、その恩人は、魔王陛下直属の錬金術師でもあるのです。ならば、陛下にもお詫《わ》びしなければ、と」

「待て」

魔王ルキエは、火炎将軍ライゼンガの言葉を頭の中で繰り返す。

今、彼は「恩人は魔王陛下直属の錬金術師」だと言った。

ということは——

「トールか⁉　あやつとお主の間に、一体なにがあったのじゃ⁉」

「はい。トール・リーガスどのは、アグニスの発火体質を治してくださったのです」

「なんじゃと⁉」

「なのに我は、トールどのがアグニスをだまして、よからぬことをしようとしていると思い込んでしまったのです……」

ライゼンガはため息をついた。

「我は愚かにも、トールどのを炎でおどして、捕らえて、領地へと連れ去ろうとしました。あのときは怒りに目がくらんでおったのですが……アグニスが我のあやまちを正してくれました」

「アグニスがお主を止めたということか？」

「はい。アグニスは発火に使っていた火の魔力で身体強化を行ったのです。なんと片腕で我が動きを封じ、両腕で我を頭上へと持ち上げてしまったのです。いや、おどろきましたぞ！」

「……なんじゃと」

「我はアグニスに感謝しております。我が、恩人に害をなすのを止めてくれたのですからな……あんなに怒ったアグニスは初めて見ました」

ライゼンガはトールへの感謝と、アグニスの成長とかわいさについて語り続ける。

魔王ルキエは、それに答えることができなかった。

予想外な展開に、頭が真っ白になっていたのだ。

トールがまたなにかやらかしたのだとは思っていた。

けれど、アグニスの魔力を改善したという事実は、魔王ルキエの予想をはるかに超えていた。

ライゼンガの娘、アグニスは火炎巨人《イフリート》の血が強く出た、いわゆる先祖返りだ。

強すぎる火の魔力を制御できない彼女は、発火体質に悩んでいた。

だから、主君として魔王ルキエも手を貸した。

城内での『火炎耐性の鎧』の着用を許し、炎が他の者に影響を与えないように、専用の区画も与えたのだ。

（そのアグニスの発火体質を治したじゃと⁉）

しかもアグニスは火の魔力で、身体を強化できるようになったという。

ライゼンガの言葉によると、片手で彼の動きを封じ、両手で彼を頭上に持ち上げたらしい。そんなこと、通常の身体強化の魔術でできるはずがない。

身体強化の魔術は力や素早さなど、ひとつの能力に限って上昇させるものだ。

上昇率も、せいぜい1・5倍から2倍。

だが、アグニスがライゼンガの動きを封じるには、4倍から5倍の強化が必要だ。

さらに、力だけではなく、身体能力すべてを全体的に強化しなければいけない。

それはまさに、勇者に匹敵するほどの強化魔術だ。

「正直に申し上げて……我は魔王領の『人間に学ぶ』という方針に疑問を持っておりました」

ライゼンガ将軍の話は続いていた。

「だが、トール・リーガスどののことを知り、陛下の方針は正しかったと理解いたしました。陛下があの方を重用されたのは、すばらしいことだったのです。ですから感謝の意味も込めて、我は陛下に忠誠を誓うこととしたのです」

「……そういうことであったのか」

「我が忠誠はすでに陛下のものでございます。どうか、我が失態に罰をくださいますように」

がん、と、ライゼンガは床に額を打ち付けた。

「……先祖返りした火炎巨人《イフリート》の発火能力を抑えて、火の魔力を身体強化に変換……将軍の動きを封じるほどの力を与える……ないない。あり得ない……あり得ないことが……」

横を見ると、宰相ケルヴが柱に頭を打ち付けていた。

トールが来てから魔王領の高官は、建築物への頭突きが趣味になったらしい。

「陛下の客人に無礼を働いた罪がどれほどのものか、理解しております。我は将軍の職を辞する覚悟でおります。陛下、どうか、存分になされよ」

やがて、火炎将軍ライゼンガは顔を上げて、魔王ルキエを見た。

「……ライゼンガの罪、か」

魔王ルキエは玉座の肘掛《ひじか》けを握りしめた。

ライゼンガは自分の知らないところでトールをさらおうとした。

昨日《きのう》はただ、トールを脅しただけだから見逃したが、今回は違う。ルキエの知らないところで、彼を勝手に連れていこうとしたのだ。誤解によるものだとしても、許せない。

魔王として、ライゼンガには罰を与えるべきだろう。

だが──被害者であるトールは、どう思っているのだろうか。

「トールは、なんと言っておる？」

魔王ルキエは訊《たず》ねた。

「あやつは、お主にどのような罰を望んでおったのじゃ？」

「いいえ。あの方は……我にいかなる罰を与えることも望みませんでした」

ライゼンガは首を横に振った。

苦笑いするような表情を見て、彼がトールを気に入ってしまったことがわかった。

(不思議な奴《やつ》じゃな。トールは)

彼は、典型的な武人だったライゼンガを、すっかり変えてしまった。

トールにはどうも、そういう魅力があるようだ。

(……本当に、放っておけぬ奴なのじゃから)

仮面の奥で笑みを浮かべながら、ルキエは話を続ける。

「確かにトールなら、お主に罰を与えようとせぬかもしれぬな。それにお主はどう答えたのじゃ？」

「我はトールどのに、どうしても罰を下して欲しいとお願いしました。するとあの方は、それならば錬金術の素材が欲しい、とおっしゃったのです」

ライゼンガはうなずいた。

「我が領地が山岳地帯にあることを知っていたトールどのは、山にある珍しい石が欲しいと申されました。そのうちに領地を訪ねて、錬金術の素材を探してみたい、と」

トールらしい、と、魔王ルキエは思う。

彼のことだ。きっと魔王領のことと、アグニスの立場を考えたのだろう。

将軍であるライゼンガに大きな罰を加えたら、魔王領の民は動揺する。アグニスの立場も悪くなる。だから、トールはライゼンガを罰することを望まなかったのだ。

ならば、魔王であるルキエがライゼンガに与える罰は──

「火炎将軍ライゼンガに、魔王ルキエ・エヴァーガルドが命じる」

魔王ルキエは立ち上がり、ライゼンガを見据えた。

「誤解があったとはいえ、余の大切な客人であるトール・リーガスを脅し、己の領地へと連れ去ろうとしたことは許しがたい。よって、お主の領地を一部、取り上げることとする」

「承知いたしました！」

わずかな迷いもなく、ライゼンガは答えた。

「ということは、我が領地の一部を魔王陛下の直轄地にされると？」

「そうなるな。じゃが、それほど広い土地をもらっても仕方がない。また、管理も大変じゃ。土地の広さは、大きな家が建てられるくらいでよい。近くに街道があり、水場もあれば言うことはないな。要は、別荘地になりそうな場所を差し出せ、ということじゃ」

「……は、はい。それは喜んで」

「そうか」

「ですが、それでは罰になりませぬ。陛下のために家と土地を用意するのは当然のことで──」

「我の家ではない」

魔王ルキエは、口元だけで笑ってみせた。

「お主が用意するのは、鉱山に近い土地じゃからな。具体的にはすぐに採掘に行けて、素材集めもできる場所じゃな」

「陛下!? も、もしやそれは──」

「うむ。そこにあやつのための家を建ててやれ。住まいと、工房を兼ねた、広い家をな」

「──はい！」

魔王ルキエの意図がわかったのだろう。

ライゼンガは目を見開いて、うなずいた。

「わかりました。素材の採掘がしやすい場所で、心置きなく錬金術の実験ができるような、広い庭がある家がよいのですな！」

「そうじゃ。屋敷の建築費はお主の個人的な出費となる。土地と、屋敷と工房の建築予算の提供。トールのための安全確保。彼が不在の間の建物の管理──それがお主への罰じゃ」

魔王ルキエは仮面の下で、穏やかな笑みを浮かべていた。

ずっと探していた、魔王城の外に作る、トールの工房。

それを火炎将軍ライゼンガの領地に作ることになるとは、思ってもいなかったのだ。

ライゼンガの領地は山岳地帯。自然も多い。素材の採取も採掘もできる。

人もそれほど多くない。治安もいい。

なにより、ライゼンガがトールの保護者になるなら、彼の安全は保障されたようなものだ。

「無論、お主はトールが安心して暮らせるように守ってやらねばならぬ。あの者になにかあったらお主の責任となる」

ルキエはライゼンガを見下ろして、宣言した。

「これらの罰について不満はあるか？　ライゼンガ・フレイザッドよ」

「ございません！　むしろ、望むところです！」

「トールの家はこの魔王城じゃ。じゃが、時には別の場所で研究をしたくなることもあろう」

魔王ルキエはうなずいた。

「ならば魔王城の中だけではなく、誰《だれ》もが気軽に訪ねられる場所に工房を持つのもよかろう」

「その罰、喜んでお受けいたします‼」

ライゼンガ将軍は再び、床に額を押しつけた。

「トールどのに恩返しをする機会をくださったこと、感謝いたします。我が主君、ルキエ・エヴァーガルド陛下！」

「喜んでもらっては困る。お主は領地の一部を失い、私財を使うのじゃ。これは罰なのじゃぞ？」

そう言いながら苦笑する、魔王ルキエ。

「とにかく、トールに迷惑をかけた分だけ、もてなしてやるがよい」

「承知いたしました‼」

火炎将軍ライゼンガは顔を上げ、うなずいた。

魔王ルキエは、宰相ケルヴの方を見て、

「以上じゃ。ケルヴよ、なにか意見はあるか？」

「……魔力の変換……あり得ない。そんなことは……」

「こら、柱が傷むじゃろうが。いいかげんに頭突きはやめよ」

「………話は、うかがっておりました」

宰相ケルヴは額を押さえながら、魔王ルキエの方を見た。

「陛下の判断こそ最善と考えます。ライゼンガ将軍は帝国と交渉をしている最中ですからな。将軍に大きな罰を与えては、魔王領に不和あり、と、つけ込まれることになるかと」

「帝国との交渉か……」

火炎将軍ライゼンガの領地では、鉱山の開発が行われている。

その前段階として、山に巣を作った魔獣を討伐する準備の真っ最中だ。

討伐のためには兵を集める必要があるのだが、場所が帝国との境界に近い。

帝国側に『魔王領より侵攻の動きあり』と、誤解されても困る。

そのため、ライゼンガは帝国の辺境伯と交渉を行っている。

その交渉の中で、帝国と魔王領で協同して魔獣を討伐するという話が進んでいるのだ。

（……じゃが、帝国はトールを追放した国じゃからな……）

あの国が信用できるかどうか、魔王ルキエには確信がない。

協同で魔獣討伐を行っても大丈夫か、不安なところがあるのだ。

「ケルヴよ。帝国の辺境伯との交渉は、ライゼンガに一任しておったな」

「はい。すでに何度か、書状をやりとりしております。近いうちに、将軍の領土に辺境伯がやってくるとか。そうですね、将軍」

「はっ。ケルヴどののおっしゃる通りです」

「そうか。ならばライゼンガは引き続き、その任に当たるがいい」

魔王ルキエは続ける。

「じゃが、無理に帝国との協同作戦を進めなくともよいぞ。魔獣討伐は、魔王領の兵だけでもなんとかなる。相手が信用ならぬと思ったら、交渉を打ち切っても構わぬ」

「陛下。それは……」

「なんじゃ、ケルヴよ」

「帝国との協同作戦が実現すれば、魔王領はじまって以来の快挙となります。陛下の名声を上げるためには、進めた方がよろしいかと」

「わかっておる。余も可能ならば実現したい」

不満そうな宰相に、魔王ルキエはうなずき返す。

「じゃが、無理をする必要もない、というだけじゃ。よいな。ライゼンガよ」

「承知いたしました。陛下」

「火炎将軍の忠誠も得られた、その娘も健やかに暮らせるようになった。余は、それで十分じゃよ。余の名声など……」

魔王ルキエはふと、顔の上半分を覆う仮面に触れた。

『認識阻害《にんしきそがい》』の仮面は、今も効果を発揮し続けている。

以前は大事に思えたその機能が、ここ数日で、あまり必要ではないと感じるようになった。

トールが、魔王領に来てからだ。

彼と一緒だと素顔をさらして、本音で話すことができる。

それを楽しいと思っているうちに……いつの間にか、火炎将軍ライゼンガの忠誠まで手に入れてしまった。

仮面は、ライゼンガのように力を重んじる武人に対抗するためのものだったのに。

(……余は近いうちに、この仮面を外せるようになるのじゃろうか)

──アグニスが鎧《よろい》を脱ぎ捨てたように。

──自分も素顔で、みんなと向き合うときが来るのかもしれない。

そんなことを思ってしまう魔王ルキエだった。

「……いや、話が逸《そ》れたな。ともかく、お主への罰は下した。トールからも話を聞くこととするが、あやつも今以上の罰は望むまい。まぁ、工房についてリクエストはするかもしれぬが、それは覚悟しておけ」

「御意にございます。いかなる希望でもお受けする所存です」

「うむ。お主の忠誠、ありがたく思う」

頭《こうべ》を垂れるライゼンガ将軍に向けて、魔王ルキエは告げた。

「余も——お主の誓いに値する主君であるように努めよう。以上じゃ」

魔王ルキエはうなずいた。

それで、話は終わりになった。

火炎将軍ライゼンガは一礼して、玉座の間から退出していく。

廊下で控えていたミノタウロスたちが扉を開けたとき、ふと、ライゼンガは振り返り、

「そういえば……陛下、ひとつ訂正させてください」

「なんじゃ？　ライゼンガよ」

「宰相ケルヴどのは火炎巨人《イフリート》の誓いについて、破った場合は『命を取られても文句は言わない』——という意味だとおっしゃいましたが、それは正確ではないのです」

「正確ではない？」

「最初に『我が主君の前で誓います』とつけた場合は、ケルヴどののおっしゃる通りの意味になります。それをつけずに、特定の相手を対象にして誓った場合は、違う意味になるのです」

ライゼンガ将軍は、困ったような顔で、続ける。

「たとえば、思いを寄せる相手に対してあの言葉を口にしたときは『誓いとともに、身も心もあなたに捧《ささ》げます。この想《おも》いはこの生命の炎とともに燃え続けるでしょう』という意味になるのです」

「ほう。興味深いな」

「重要な誓いですからな、めったに口にするものではないのですが」

ライゼンガは遠い目をして、ため息をついた。

「本当に……子どもの成長は早いものですな。喜んでいいやら、さみしいやら」

「――ん？」

「ところで陛下、話は変わりますが」

不意に、ライゼンガは真剣な表情になり、告げる。

「トールどのの工房の近くに、我が別宅を建ててもよろしいですか？　土地に不慣れなトールどのを手助けできるようにしたいのです」

「ん？　構わぬぞ。お主はトールの保護者となるのじゃからな」

「感謝いたします。娘のために、我もできることはやっておきたいですからな」

「……娘のために？」

一瞬、引っかかるセリフを聞いたような気がする。

「どうか、親馬鹿とお笑いください。それでは――失礼いたします」

ルキエが疑問を口にする前に、ライゼンガは退出していった。

あとには、首をかしげる魔王ルキエと、なにかを察して頭を抱える宰相ケルヴが残されたのだった。

第27話「お茶会を開く」

――トール視点――


翌日、アグニスとライゼンガ将軍は、領地へと帰っていった。

将軍は最後に「我が領土に、トールどのの工房と住居を用意する」と言ってくれた。今回の件へのお詫《わ》びも兼ねて、そういうことになったらしい。

そのうち下見に行っていいか聞くと、ライゼンガ将軍はうなずいてくれた。

アグニスも「楽しみにしてます」って言ってた。

彼女が着てたのは、メイベルが渡した緋色《ひいろ》のワンピースだ。

私服姿で人前に出るのは久しぶりだからか、アグニスはすごく照れた様子だった。

将軍は「領地に戻ったら、アグニスに似合う服を仕立てるつもりだ」と言ってたっけ。

俺もそのうち、工房用の土地の下見に行くことになる。

そのときはまた、アグニスの私服姿を見せてもらうことにしよう。


そうして俺はアグニスと将軍を見送って――

部屋に戻り、錬金術の研究を続けることにしたのだった。

「アグニスがくれたこの石は……『隕鉄《いんてつ》』か」

俺は『小型物置』の中で、黒い石の鑑定をしていた。

小指の先くらいの大きさのものだ。高温でも変化しない石で、鉱山の近くに落ちていたらしい。

『創造錬金術《オーバー・アルケミー》』で鑑定すると——

『隕鉄』（属性：宙《そら》・闇《やみ》・地）
暗い宙より降ってきた石。
地上にある物質とは別の属性・組成を持つ。

「『宙属性』なんて初めて見たよ」

そう思ったら『創造錬金術《オーバー・アルケミー》』が反応した。

『隕鉄の鑑定に成功したことにより「宙属性」に覚醒《かくせい》しました』

『作製したアイテムに「宙属性」を付加することが可能です』

……魔王領に来てから、新しい属性がどんどん、使えるようになってきた。

『木・火・土・金・水』の、異世界の五行属性《ごぎょうぞくせい》。

空から降ってきた隕鉄に宿った『宙属性』。

どれも、帝国にいたら知らなかったものばかりだ。

素材と居場所をくれた魔王ルキエに感謝しないとな。

『小型物置』の中には、錬金術用の炉《ろ》と作業台が設置されている。

小さなかまどとテーブルは、メイベルが持ってきてくれたものだ。

横には茶器が載ったトレーがある。こっちはお茶会用のスペースだ。

今日も午後3時ごろに、みんなで集まることになっている。

「陛下も、楽しんでくれるといいな」

俺は『小型物置』を出た。

隕鉄でアイテムを作るには素材がいる。

適当なものを、隣の部屋の倉庫で見つけるつもりだったんだけど――

「こっちの部屋は、もうちょっと整理しないとなぁ」

自室の隣にある倉庫は、床が見えないくらい、様々なものが散らばっている。

「分類しよう。『小型物置』に入れておくものと、部屋に置いとくものを分けておかないと」

まずは本から。

本は貴重だ。濡らしたり破いたりしないように、自室の方に置いておくべきだろう。

特に重要なのは『通販カタログ』のように、異世界のアイテムがたくさん載った本だ。

探すと……同じようなものがもう一冊あった。

念のため、内容を確認してみよう。

「……なるほど。興味深いな」

座ってみた。

読み始めた。

1時間が経過した。

「――はっ！　いかんいかん」

早く片付けないとお茶会の時間になってしまう。

やっとルキエの予定が合って、初めてのお茶会だ。その前に片付けないと。

次の本は……これは、こっちの世界の本か。

魔王領の記録だ。この地に住む魔族や亜人の種類、生活環境なんかが書かれている。

「……興味深いな」

座り直した。

読み始めた。

2時間半が経過した。

「いかん。片付けが進まない……」

もう本は読まない。集めるだけにしよう。

そんなことを考えていると――

「トール。部屋におるのかー？」

ノックのあと、隣の部屋のドアが開く音がした。

「なんだ。おらぬではないか」

「ルキエさま……勝手に入られては……」

「トールは、お茶会の時間になったら、部屋に入って良いと言っておったぞ？　余は、待ちきれぬのじゃ」

俺の部屋から、メイベルと魔王ルキエの声がした。

お茶会の時間になったみたいだ。片付けはここまでだ。

読みかけの本は……この木箱にでも入れておこうかな。

そう思って、俺が適当な木箱を持ち上げると──

「──あれ？」

木箱の下に、鞘《さや》に入った剣があった。

見覚えのある形をしていた。

「初代魔王の影像が持っていたものと同じだ。魔剣か？」

いや。よく見ると、違う。

影像が持っているのは長さ2メートルくらいの大剣だけど、これはその半分もない。

影像の魔剣は複雑な模様が刻まれているが、これは簡略化されてる。

「『鑑定把握』」

俺は『創造錬金術《オーバー・アルケミー》』の『鑑定把握』を発動。

目の前の剣について調べてみると──

『魔剣（レプリカ）』
能力：強度アップ。
属性：特になし。

「なるほど。魔剣のレプリカか」

「トール。そちらにおるのか？」

「魔王陛下ですか？　どうぞ」

ちょうどいいや。この剣について聞いてみよう。

「俺も陛下にお会いしたいと思ってました。ちょっと話をうかがってもいいですか？」

「うむ。では、失礼する」

壁側のドアが開き、金髪の魔王が顔を出す。

彼女は俺を見て、うれしそうに笑った。

今の魔王ルキエは仮面もローブも身につけていない。素顔のままだ。

リボンがたくさんついた、漆黒のワンピースを着てる。

視線に気づいたのか、彼女は俺の前で、くるり、と回ってみせる。

「お似合いですよ。魔王陛下」

「……ルキエでよい」

魔王ルキエは頬《ほお》を染めて、横を向いた。

「お主はすでに、余の素顔を知っておる。お互いの秘密も共有しておる。そういう者に陛下と呼ばれるのは、よそよそしくて嫌なのじゃ」

「いや、さすがにそういうわけにも」

「ならば命令する。我を友と思うのであれば、このルキエを名前で呼ぶのだ」

「そんな命令ってありなんですか？」

「帝国では、魔王は暴君ということになっておるのだろう？」

「まぁ、そうですけど」

「で、あれば、わがままを言っても構うまい」

にやり、と、白い歯を見せて笑う魔王ルキエ。

俺は両手を挙げて降参のポーズ。

「わかりました。ルキエさま」

「素直でよい。ところで、倉庫でなにをしておったのじゃ？」

「こんなものを見つけました」

俺は鞘に入ったままの剣を差し出した。

「魔剣のレプリカのようですけど、ルキエさまはこれについてご存じですか？」

俺は魔剣を見つけた経緯と、その能力について説明した。

「あの彫像が持っているものとは長さが違いますけど、なんなんでしょう？」

「トールはどう思うのだ？」

「素材がただの鉄ですし、付加も強度アップだけなので、おそらくは試作品ですね。失われた魔剣を再現しようとした人がいたんでしょう。でも、魔剣には遠く及ばなかったので放置しておいたんじゃないかと。刃も潰《つぶ》して、切れないようにしてありますからね。廃棄品ですね」

「すごいなお主は。正解じゃ」

ルキエは苦笑いした。

「余のおじいさまの時代に、魔剣を復活させようという計画があったようでな、エルフとドワーフが協力して魔剣を作ったのだが――」

「やってみたら、強度アップが限界だったというわけですか」

「そうじゃな。お主の見立て通りじゃ」

「この剣、もらってもいいですか？」

俺が聞くと、ルキエはきょとん、とした顔で、

「なぜ聞くのだ？　ここはお主の部屋だぞ。いいに決まっておろう」

優しい笑みを浮かべながら、当たり前のようにうなずいた。

年相応――15歳の少女の顔で。

そういうのはずるいと思う。

友だちとして、色々してあげたくなってしまう。

「ルキエさま」

「どうした。トールよ」

「ルキエさまはとてもかわい――」

いや、魔王陛下に対して「かわいい」は失礼か。

いくら友と呼ばれたからといって、礼儀はわきまえないと。

「ルキエさまは大変に魅力的なのですから、仮面のない状態でうかつに笑いかけるのはよくないと思います。なんでもしてあげたくなりますので」

「──な⁉」

ルキエが目を見開いた。

「ト、トール⁉　お主はいきなりなにを言い出すのじゃ⁉」

「いえ、思ったことを言っただけですが」

「お、お主、そういうことをすぐ口にするのはどうかと思うぞ‼」

「あ、それはですね。俺は帝国では戦う力のない下っ端だったんで、あんまり話ができる人がいなかったんですよ。でもルキエさまやメイベルは、俺の話を聞いてくれますよね？　それがうれしくて、つい」

「お主も苦労していたのだな……」

「でも、気になるなら直します」

「……直さなくてよい。率直なのは、お主の美徳であろう」

「優しいのはルキエさまの美徳ですよね。そういうところ、いいと思います」

「おーぬーしーはーっ！」

「だからなんで怒るんですか陛下⁉」

「怒っておらぬ！　それと、ルキエと呼べと言ったであろう！　お主はまったく──」

「お茶が冷めてしまいますよ？　陛下。トールさま」

気づくと、ドアの向こうからメイベルがこっちを見ていた。

エルフ耳をぴくぴくと動かして、なんだか、複雑そうな表情だった。

「ごめん。メイベル」

「う、うむ。今そちらに行く。ではトールよ、この剣はお主のものだ」

ルキエは、床に置かれた黒い魔剣を捧《ささ》げ持《も》つ。

「その証明として、ここで、正式に下賜しよう」

「ありがとうございます。ルキエさま」

俺はルキエの顔を見上げて、それから、

「陛下──いえ、ルキエさま」

「なんじゃ、トールよ」

「このレプリカ魔剣を元に、本物の魔剣を作ってもいいですか？」

「なんじゃと？」

「俺の夢のひとつは『帝国にある聖剣を超える剣を作ること』なんです。でも、俺には戦闘能力がないですからね。すごい剣を作っても、宝のもちぐされになっちゃうんですよ」

「……なるほど」

「だから、すごい魔剣を作って、ルキエさまに使ってもらいたいんです。将軍から聞きましたけど、近々魔獣の討伐に行かれるんですよね？　その時に使ってもらえれば」

「その気持ちはうれしいぞ。ありがとう、トールよ」

ルキエは、俺の頭に手を乗せた。

それから、すぐに優しい笑みを浮かべて、

「じゃが、そこまで気を遣う必要はないのじゃよ」

「気を遣う、というと？」

「余が自分自身の身体的な弱さを気にしていることを……お主は考えてくれているのじゃろう？」

ルキエは両手で、俺の頬を包み込んだ。

息がかかるくらいの距離で、静かにつぶやく。

「だが、もういいのじゃよ。お主のおかげで、余はライゼンガより絶対の忠誠を得ることができた。そのことが広まれば、余の強さを疑っていた者たちも態度を変えるじゃろう。余は……近いうちに仮面を外すこともできるかもしれぬ」

「……ルキエさま」

「じゃから、お主が魔剣を作る必要などない。お主は、自分の作りたいものを作るがいい」

「いえ。俺としては、ルキエさまが魔剣を使ってるところが見たいだけなんです。むちゃくちゃかっこいいと思うんで」

「──な⁉」

「でも、ルキエさまが仮面を外されるなら、それに見合った魔剣じゃなきゃいけませんね。いっそ、仮面を外すと同時に真の姿を現す魔剣とかどうでしょう？　『認識阻害《にんしきそがい》』の魔剣……真の姿は魔王とともに……うん。いいかもしれません」

「待て待て待て待て‼」

俺の頬を、ぽんぽん、ぽん、と叩《たた》いてから、ふにふにする魔王ルキエ。

「おーぬーしーはーっ！　どうしてそうなのじゃ！」

「え？　だって、親しい人にはマフラーや手袋をプレゼントするじゃないですか。そういう時って、前もって似合うかどうかを考えるでしょう？　それなら、もらう方の意見も聞いておかないと」

「マフラーと手袋感覚で魔剣を贈るのかお主は！」

まったくもう、と、言って、ルキエは俺の顔を解放してくれた。

「それに、急ぐ必要はない」

「そうなんですか？　帝国との魔獣討伐に行かれると聞いていたので、その前に試作品を作ろうと思っていたんですけど……？」

「今回の魔獣討伐に魔剣は不要じゃ」

魔王ルキエは肩をすくめて、苦笑い。

「余は兵を率いて行くのだぞ？　惨敗でもせぬ限り、自ら剣を振ることはないじゃろう」

「確かに、そうですね」

「今回必要なのは、安全に、遠距離から魔獣を攻撃できるものじゃろうな。しかも、誰《だれ》でも使えるものが望ましい。武器ではなく、戦闘を支援するアイテムがよいな。それならケルヴも、なにも言わぬはずじゃ」

「……なるほど」

いいアイディアをありがとうございます。ルキエさま。

「攻撃支援のアイテム。遠距離から、ルキエさまたちが安全に魔獣を攻撃できるもの、ですね。わかりました。そういうものができないか、考えてみます」

「う、うむ」

俺の言葉に、魔王ルキエは少し考えてから、

「余の錬金術師がやる気になっておるのじゃ。止める理由はあるまい。トールに任せる」

「はい。ルキエさま」

確かさっき読んだ本の中に、遠距離戦で使えるようなアイテムがあったような気がする。

あとでもう一度探して、使えるものに仕上げよう。

魔王ルキエや魔王領の人たちが、安全に魔獣討伐をするためにも。

それと……やっぱり魔剣も欲しいな。

魔獣討伐に使えるように、遠距離でも効果を発揮する魔剣を作っておこうかな。

帝国には聖剣があるからね。それに対抗できるものを。

……なにがいいかな。わくわくするな。

「それではトールさま。お茶の時間といたしましょう」

「そうだね。じゃあ、隣の部屋へ……」

「こら、トールよ。アイテムが載っている本をちらちら見るでない。仕事のことは忘れよ」

ルキエが腰に手を当てて、あきれたように俺を見てる。

「お茶の時間に、大事な話をするつもりなのじゃ。ライゼンガに頼まれた書類を作るためにもな」

「書類、ですか？」

「というより、設計図じゃ。ライゼンガの領土に造る、お主のための工房と家の」

そう言って手を挙げるルキエ。

後ろに控えていたメイベルが、羊皮紙とペン、それとインクを取り出す。

「え？　工房と家って、俺の意見を取り入れて造るんですか？」

「当たり前じゃろう？」

「さっきトールさまもおっしゃったじゃないですか。プレゼントは、渡す相手の意見を聞いて選ぶものだと。ルキエさまも同じ気持ちでいらっしゃるのですよね？」

「……メイベルには敵《かな》わぬな」

ルキエが笑い、メイベルは俺に向かって片目をつぶってみせた。

「お茶を飲みながらお話をしましょう。トールさまが近い未来、手に入れる工房について」

「うん。そうだね」

「あ、でも、お主の家はここじゃからな。ライゼンガの領地に行きっぱなしになるでないぞ？」

「わかってます。陛下」

「……ルキエと呼べと言ったじゃろう？」

それから俺たちは『小型物置』の中へ。

3人でお茶を飲みながら、新たに作る工房と家の間取りについて話をしたのだけど——

「トールよ。お主は工房の話ばかりではないか。居住スペースにもこだわったらどうなのだ？」

「そっちは寝て起きる場所があればいいかな、と」

「いけません。健康のことも考えてくださらないと」

そう言われても、居住スペースにあんまりこだわりはないんだけど。

帝国にいたころに住んでた役所の宿舎も、部屋にはベッドがあるだけだったからなぁ。

「居住スペースの方は、メイベルが考えてくれる？」

「いいのですか？」

「もちろん。向こうでも、身の回りの世話をしてもらうことになるだろうし、メイベルが使いやすいようにしてくれればいいよ」

「わかりました！　お任せください‼」

「ずるいぞメイベル。余にも考えさせよ！」

「はい。ではふたりで考えましょう。陛下」

俺たちはそれぞれ、新居のアイディアを出すことにした。

――そして、みんながお茶を飲み終わったころ。

「よし。工房の方はこんな感じかな」

「居住スペースもできました。トールさま」

「確認してくれ。トールよ」

メイベルとルキエは、居住スペースの設計図を俺に見せてくれた。

かなり部屋数が多いな。建てるのはライゼンガ将軍だけど、予算とか大丈夫かな。それに――

「寝室の部分を書いたのはメイベル？」

「はい！」

「なんで寝室がひとつで、ベッドがふたつあるのかな？」

「トールさまのお世話をするためです」

「3人一緒に入れそうなお風呂場《ふろば》は？」

「トールさまのお世話をするためです」

「もうちょっと詳しく」

「トールさまは錬金術のお仕事をされるのですから、お風呂のときは他の人の手で、すみずみまで身体《からだ》を洗った方がいいと思うのです。たとえば身体に木片や金属片などがついていた場合、錬金術の作業中に落ちて混ざってしまうかもしれませんから」

理にかなってるな……。

まぁいいや。設計図はこのまま将軍に渡そう。

おかしいところがあったら、ライゼンガ将軍が直してくれるだろ。

「……なぁ、メイベル」

「どうされましたか、陛下」

「お風呂場が広いのはよいとして、その隣の湯沸かし場も妙に広いような気がするのじゃが。これにはどういう意味があるのじゃ？」

「そ、それはですね……」

メイベルはなぜか、顔を真っ赤《まっか》にして、

「トールさまが、ご自宅を錬金術で改造したくなることもあると思いますので、余裕をもたせた造りにしてみたのです」

「なるほど！　さすがメイベルじゃ」

「うん。確かに、それはあるかもしれない」

勇者の世界の『湯沸かしアイテム』も、そのうち見つかるかもしれないからね。

そしたら俺も、自宅の湯沸かし場を改造したくなるだろう。

そうしやすいようにメイベルはスペースを取ってくれたってことか。

「ありがとう。メイベル」

「い、いえいえ。トールさまと私がこの家に住むことを考えたら……湯沸かし場には踊れるくらいのスペースがあった方がいいと思いますから……」

「でも、コストがかかりそうだからね。ライゼンガ将軍が駄目だって言ったらあきらめようね」

「それは大丈夫だと思いますよ？　トールさま」

そう言ってメイベルは、にやりと笑う。

「きっとアグニスさまが口添えしてくださいます。あの方なら、きっとこうした意図を理解してくださるはずですから」

「……そうなの？」

「そうなんです」

とりあえず自宅と工房の図案は、このままライゼンガ将軍に提出することにした。

今ごろ、将軍とアグニスはどうしてるかな……？

魔獣討伐のことで、帝国と話し合うって言ってたけど、少し心配だな。

帝国側が、魔王領に無理難題をふっかけなければいいんだけど。

なにかあった時のために、『遠距離戦用のマジックアイテム』を作っておいた方がいいな。

魔王領が危険を冒すこともなく、魔獣を倒せるアイテムがあれば、帝国との交渉が決裂しても問題はない。

あとは魔剣だ。ルキエが安全に魔獣を討伐できるようなものを考えよう。

魔獣討伐が終われば、ライゼンガ将軍の領地で、俺は工房を開くことができる。魔王領の人たちの暮らしに密着したアイテムを作って、錬金術師としてのスキルを磨くことができるんだ。

工房を開いてお客を受け入れて、必要なアイテムを作るのって、夢だった。

まさか魔王領に来て叶《かな》うとは思わなかったけど。

ルキエにも、メイベルにも感謝しないとな。

まだまだ魔王領については知らないことがいっぱいだけど、工房の側《そば》にはアグニスが住むことになりそうだし、色々と助けてもらえるだろう。もちろん、メイベルも側にいてくれる。

そして、俺には勇者世界の『通販カタログ』があるんだ。

さっさと魔獣討伐を終わらせて、錬金術師として魔王領を発展させよう。


俺はそんなことを考えながら、ルキエとメイベルとのお茶会を楽しんだのだった。

番外編1「トールとメイベルと、禁断のブレスレット」

アグニスの問題が解決してから、数日後。

部屋で『通販カタログ』を読んでいると、メイベルがやってきた。

「お茶です。トールさま。お茶請けには木の実がありますよ」

「ありがとうメイベル。そこに置いておいてくれるかな?」

「……真剣なお顔ですね。なにか調べ物ですか?」

「実は、アグニスさんの『健康増進ペンダント』を作るとき、別のページにもっとすごいアイテムが載っているのを見つけたんだ」

ただし、どんな形をしているのかはわからなかった。

写真が——影絵みたいに黒く塗りつぶされていたからだ。

ブレスレットだというのはわかるけど、素材や詳しいデザインはわからない。

重要なアイテムだから、秘密にしているのかもしれない。

だって、その能力は俺が知る中でも、相当におそろしいものだったんだ。

「このアイテムを作ることができたら、すべての問題が解決するかもしれない」

「すべての問題が、ですか?」

「これを見て。メイベル」

俺はメイベルに、そのアイテムが載っているページを示した。

「これは運命を変えることができるブレスレットなんだ」

「運命を⁉」

「しかも、このブレスレットを身につけるだけで」

「運命改変なんてありえません。あったとしても大規模な儀式魔術が必要なはずです……」

「俺もおどろいてるよ。こんなものがあるなんて……」

「どんなものか教えていただけますか？　私には、この文章を読むことができないのです」

メイベルが顔を寄せてくる。

俺が椅子を引くと、遠慮がちに腰掛ける。

「よく聞いて……メイベル」

俺はゆっくりと、商品説明を読み上げていく。

「『このブレスレットを身につけて3日で彼女ができました』」

「そんな‼」

「『ブレスレットが届いた翌日に昇進しました』」

「ありえません‼」

「『注文したその日に宝くじに当選しました』……これは、勇者世界のギャンブルみたいだね。その1等に当たって、大金が手に入ったらしいよ」

「間違いではないのですか？　そんなアイテムが存在するなんて信じられません……」

「信じられないのはわかるよ。でも、異世界の人たちの体験談も載っているんだ」

顔写真まで載ってる。目は黒い線で隠されてるけど、口元は笑ってる。みんな幸せそうだ。

わざわざ体験談を載せてるんだ。これが嘘《うそ》だとは思えない。

大金があるなんて言いふらしたら、盗賊に狙《ねら》われる可能性もある。

身の危険を冒してまで、嘘を吐《つ》く理由はないからな。

「……こんなアイテムがあったのですね」

「異世界から来た勇者も、このアイテムを使ってたのかな……？」

「使っていないと思います」

メイベルは青い顔でつぶやいた。

「もしも、運命改変のアイテムを使っていたとしたら、勇者と魔族は戦いにもならなかったでしょう。こちらの魔術はすべて弾《はじ》かれ、勇者の攻撃はすべて致命傷になっていたかもしれません」

「だよね」

本当に、おそろしいアイテムがあったもんだ。

俺とメイベルはため息をついた。

気づくと、メイベルの頭が俺の肩に寄りかかってた。

いつの間にか俺たちは隣り合った椅子の上で、ぴったりと寄り添ってる。

それくらい、勇者世界の『運命改変ブレスレット』は衝撃的だった。

「トールさまは、このアイテムを作られるおつもりなのですか？」

「無理かな。このブレスレットの写真は載ってないから」

黒く塗りつぶされているせいで、ブレスレットがどんな形なのかまったくわからない。

『創造錬金術《オーバー・アルケミー》』でも、形や模様、素材の情報さえないものは、コピーできないんだ。

「ただ、いつかは再現したいと思ってるよ」

「……え」

「燃えるよね。運命改変アイテムって。もちろん悪事に使ったりはしないよ？　ただ、自分にこれが作れるどうか、研究する価値はあると思う。すぐには無理だろうけど、いつかは……」


じーっ。


気づくと、メイベルがじっと俺の方を見ていた。

彼女は、そのまま間近で目を合わせながら。

「……ご自分の能力を自覚してください。トールさま」

言い聞かせるみたいに、メイベルは言った。

「トールさまは、勇者世界のアイテムを作り出せるお方なのです。あなたが作られたものは、この魔王領どころか世界まで変えてしまうかもしれないということを、自覚なさってください」

「でも、運命改変ってロマンが……」

「ロマン、ですか……」

メイベルは『通販カタログ』を見た。

俺が読み上げた『3日で彼女ができた』人の体験談に触れながら。

「もしかしてトールさまは『3日で彼女を作る』おつもりなのですか？」

「え？」

「も、もしも、トールさまがそのためにブレスレットをお作りになられるつもりなら……わ、私が、その必要がないようにさせていただきますが……」

「あの、メイベル？」

「運命を改変するブレスレットなのですよね？　つまり恋人にしたい相手の運命を変えてしまうものですよね？　私がみずから、トールさまにこの身を捧《ささ》げるなら……運命改変のブレスレットを作る必要は……ないわけですよね」

メイベルは、エルフ耳の先まで真《ま》っ赤《か》になってる。

じっと、うるんだ目で俺を見てる。まずい。本気らしい。

『運命改変ブレスレット』で彼女が欲しいなら、自分が彼女になれば作る必要がなくなる……って、確かにそうだけど。

でも、それは違うだろ。

俺は誰かの運命を支配したいとは思わない。メイベルならなおさらだ。

メイベルは俺にとって大切な人だ。彼女の運命を、強制的に変えるのは駄目だ。

いくら錬金術師でも、それはやっちゃいけないことだろ。

「あのさ、メイベル」

「はい。トールさま」

「運命を変えるブレスレットは、作らないから」

「そ、そうですか」

「人の運命を変えるアイテムは、さすがに危険すぎるからね」

「は、はい。ありがとうございます」

「アイテムを使って他人を自由にするのは、俺の性に合わないからね。アイテムを作らない代わりに、メイベルを自由にするのも駄目だと思うんだ」

「……トールさま」

「というわけで、お茶をもらえる？　一緒に飲もうよ」

「承知いたしました」

そんなわけで、俺はメイベルと一緒にお茶の時間を過ごしたのだけど――

なぜか、互いの距離が近くなったような――そんな気がしたのだった。

番外編2「トールとルキエとメイベルと、禁断の書物」

「やっぱり、もうちょっと荷物を整理しないとな」

メイベルとブレスレットの話をしてから、数日後。

俺はまた、倉庫で荷物の整理をしていた。

とにかく足の踏み場もないからな。この部屋。つまずいて転んだら危な——


がたっ！


おっと。転んだら——って思ったそばから、滑って倒れるところだった。

なにか踏んだみたいだ。なんだろう。

拾い上げてみると——

「本か……」

『通販カタログ』と同じ、勇者世界の本だった。

しかも、メイド服の女性が写ってる。

なぜか、服を脱ぎかけだった。

「どうして……こんなものが」

写真の女性が着ているメイド服は、メイベルのものよりスカートが短く、襟元が広い。

ぶっちゃけ、露出が大きい。

服には細かいフリルがついていて、服の襟や袖《そで》はリボンで装飾されている。実用性はなさそうだ。

でも、どうしてこの少女は、ページをめくるたびに服のボタンやリボンを外していくんだろう。

勇者世界のものだから、理由はあると思う。

たとえば肌の露出が多い方が、大気中の魔力を吸収しやすいとか。

勇者がこれを持ち込んだのも、きっとなにかの理由があるはず。勇者の世界を超えるためには、勇者の知識を理解しなければいけない。

だから、俺はこの本を最後まで読まなければ——


「——トールさま。いらっしゃいますか?」「おるか? トールよ」

「————!?」


びっくりした。

廊下からメイベルとルキエの声がした。

そういえば、そろそろお茶会の時間だっけ。

「入るぞ。トール」

「あ、はい!? ルキエさまですか…………どうぞ」

俺は素早く本を箱の下に隠した。

壁側のドアが開き、金髪の魔王が顔を出す。

仮面はつけていない。しかも、かわいいドレス姿だ。よく似合ってる。

「きれいですよ。ルキエさま」

「そ、そうか……歩きにくいのじゃがな。この服は」

ルキエは照れたように、頬《ほお》を赤らめた。

「この部屋ではなおさらじゃな。足の踏み場もないんじゃもの」

「そうですね。俺も片付けようと思ってたところです」

「まぁ、急ぐこともないのじゃが……っと、言ってるそばから、木箱を蹴飛《けと》ばしてしもうた」

「大丈夫ですか⁉」

「平気じゃ。それに、部屋を探索しているようで、楽しくもある」

「そうですか？」

「見よ。メイベルのような服を着ている少女の本を見つけたぞ。勇者世界のメイドの本じゃな。なかなか興味深い」

ルキエが床を指さした。

転がった木箱の横に、メイドさんの写真集があった。

隠しておいたのに……ルキエが木箱を蹴っ飛ばしちゃったらしい。

「今日のお茶会は、これを読みながら進めるとしよう。トールよ。お主は異世界の文字が読めるそうじゃな。この本を読んでみてくれぬか？」

「メイドについての本ですか？　私も、ぜひ読んでみたいです！」

ルキエがうなずき、メイベルが目を輝かせてる。

「……少々お待ちください」

「なんじゃ、トールよ」

「どうされたのですか？　トールさま」

「表紙を見るとわかりますが、この本のメイド服は実用的ではありません。リボンも多いですし、レースも多いですよね？　水仕事や掃除には向かないですよね？」

「……そうかもしれぬな」

「……確かに、そうですね」

「なので、ルキエさまとメイベルの参考にはならないと思います」

「でもまぁ、読んでみるだけならいいじゃろ」

「朗読をお願いいたします。トールさま」

どうしよう。

俺もこの本は、冒頭数ページしか読んでいないんだけど……内容はかなり危険なような気がする。

……いや、待てよ。

本の中のメイドさんはリボンをほどいて、上の一枚だけを脱いでいた。

着替えの途中のようにも見えた。

でも、窓を開けっぱなしの状態で着替えをするわけがない。

もしかしたら服を脱ぎかけだったのは、メイド服の構造や着方を説明するためだったのかもしれない。きっとそうだ。

そんなわけで……俺は本を手にしたまま、部屋に戻った。

そのままルキエとメイベルを連れて、小型物置の中に。

すでにお茶の用意は整っていて、テーブルの上からは淹《い》れたての茶葉の、やさしい香りがしている。その隣にはメイベルが作ってくれた焼き菓子がある。

ふたりともこのお茶会を楽しみにしていたらしい。

だとしたら……俺が水を差すわけにはいかないよな。

とりあえず、俺はルキエ、メイベルと並んでテーブルについた。

無言でお茶を飲み始めるけれど、ふたりの視線は本に向いている。

しょうがないので俺は本を開き、朗読を始めることにしたのだけど――


最初の3ページで、これがどんな本なのか理解した。

4ページ目からは、ルキエとメイベルの顔を見ないようにした。

5ページ目からは、心を無にすることにした。

そうして俺は、メイドさんが載った本に書かれた文章を、淡々と読み上げていき――


「――――が、――――で。――して、さらに――」

「……ちょっ⁉　待て！　この本ってどういう――⁉」

「静かになさってください陛下……ふむふむ。うんうん……なるほど」

「────して────さい────────。────────は────に」

「待て！　待て待て待て！　人前で下着姿に……いや、これは婦女子が読むものでは……」

「陛下。本に顔を近づけてはトールさまが読めませんよ？　もう少し顔を離して……呼吸ももうちょっと穏やかにお願いします。ページがめくれてしまいます」

「────────」

「………きゅう」

「トールさま。陛下が気絶してしまったようです。お身体《からだ》を支えてあげてください。朗読はそのままに………はい。なるほど……メイド服にはそのような見せ方もあったのですね。ふむ……服を着崩すのにも作法が………わかりました。そういう嗜好《しこう》もあるということで……」

結局、朗読の途中でルキエは顔を真《ま》っ赤《か》にして気を失ってしまったのだけど────

メイベルは本に夢中になり、ページをめくり続け──

心を無にしてしまった俺は、機械的に朗読を続けて──

「この本は攻撃力が高すぎるゆえ、余が封印する！　魔王権限で‼」

魔王ルキエの手により、『メイドさん写真集』は没収されることになってしまったのだった。

番外編3「トールとライゼンガ将軍と、禁断のモンキー」

『ドラムモンキー』

お猿さんがかき鳴らすドラムのリズムで、今日もあなたはテンションMAX！

ベッドサイドに、元気なマスコットはいかがですか？

当社お勧めの、手の平サイズの小さなお猿さんは、ドラムの名人です。

スイッチを入れるとテンポ良く打ち鳴らし、あなたの気分を高めてくれます。雨の日、曇りの日、落ち込んだ日だって、ドラムモンキーでやる気100倍！

情熱の真っ赤なお猿さんが、あなたの心を勇気づけます！


「というアイテムがあったので、作ってみました」

俺は魔王ルキエの前に猿の置物を置いた。

大きさは手の平に載るくらい。材質は鉄で、大きな太鼓を抱えた姿をしている。

これがテンションアップ用のアイテム『ドラムモンキー』だ。

『通販カタログ』にあった猿はぬいぐるみだったけど、『創造錬金術《オーバー・アルケミー》』で作り出すには、金属製の方が都合が良かった。ゴーレムを作るようなものだからね。

「これには、対象を元気づける効果があります」

俺は玉座の間にいる人々を見回してから、言った。

「おそらく、勇者はこのアイテムでテンションを上げて、異世界にやってきたのでしょう」

「……納得できる話じゃな」

玉座の魔王ルキエはうなずいた。

「ずっと謎だったのじゃ。召喚された異世界勇者たちは、見知らぬ世界にやってきたというのに、元気いっぱいじゃったからな……」

「『憧《あこが》れの異世界転移だ』と、喜んでいる者もおりましたな」

ルキエの言葉に、ライゼンガ将軍がうなずく。

背後にいる火炎巨人《イフリート》の子孫たち──将軍の配下の人たちも同じだ。

「勇者の『恐れを知らぬ勇気』を、この猿が生み出していたのであれば、説明がつきますな」

「「「むむむ……」」」

みんな『ドラムモンキー』をじっと見つめている。

実は、このアイテムを作るのには結構苦労した。

『通販カタログ』には『ドラムの音を聞いただけでテンションMAX』って書いてあったからだ。

どうやって同じ効果を出すか、かなり悩んだんだ。

「それでトールよ。この猿のドラムを聞くと、みんな元気になるのか？」

「残念ながら……これは対象者限定です」

「対象者限定、じゃと？」

「はい。おそらくは火炎巨人《イフリート》の血を引く方にしか効果はないと思われます」

「「我らだけ、だと⁉」」

ライゼンガ将軍の部下たちが声をあげる。


「いや、信じられないな……」

「錬金術師どのを疑うわけではないが、我らが、そのようなオモチャに踊らされると？」

「トール・リーガスどのは、火炎巨人《イフリート》の眷属《けんぞく》をばかにしているのか？」


「静まれ！　皆の者よ‼」

不意に、ライゼンガ将軍が叫んだ。

「トール・リーガスどのに無礼は許さぬ！　それに、アイテムを使ってもいないのに否定するとは何事か⁉　まずはその効果を確かめるべきであろう！」

「「は、はいっ‼」」

「申し訳ない。トール・リーガスどの。疑《うたぐ》り深い部下で」

「いえ、気持ちはわかりますから」

「うむ……火炎巨人《イフリート》の血を引く者だけに通じるアイテムというのは……どうもな」

「では、実験してもいいですか？」

俺はライゼンガ将軍に告げる。

「ただし、影響が大きいかもしれないので、実験に立ち会っていただくのは将軍だけにしてください。まだ人に対して使ったことはないので、多少の危険があるかもしれませんから」

「なにを言う？　我らは勇猛果敢な火炎巨人《イフリート》の子孫だぞ？」

将軍は不機嫌そうに顔をしかめて、そう言った。

「トールどのが作られたものとはいえ、『ドラムモンキー』などという小猿を恐れはせぬ。どのような相手でも立ち向かうのが、火炎巨人《イフリート》の血を引く者の誇りなのだからな！」

「「「将軍のおっしゃる通り‼」」」

部下の人たちが、将軍の言葉に唱和する。

俺は玉座に座るルキエを見た。彼女は……うなずいてる。じゃあいいかな。

「わかりました。それでは実験をはじめます」

ルキエの許可は取った。

将軍もその部下もやる気になってる。問題ないな。

ただし、その前に説明をしておこう。

「最初に注意しておきますけど、この『ドラムモンキー』はまだ試作品です。魔石の消耗が激しいので、効果は短時間になります。一時的にテンションが上がっても、すぐに戻っちゃいますから気をつけてください。それと、効果範囲も狭くて――」

「わかっておるとも。さぁ、はじめてくれ。トールどの！」

「それじゃ、はじめますね」

俺は『ドラムモンキー』に魔力を注いだ。

ぎぎぎ……。


『ドラムモンキー』の両腕が動き出す。

「「「おおおお……」」」

みんなが見守る前で、作り物の猿は、ゆっくりと腕を振り下ろす。

猿の腕が木製のドラムに当たる。ドラムは布張りだ。中には魔石が仕込んである。

そして──


ドンドコ、ドコドコ！　ドゴンッ！

びくんっ。


ライゼンガ将軍と、その部下たちが、反応した。

同時に『ドラムモンキー』から、水蒸気があふれ出す。熱を帯びた、サウナのような蒸気だ。

ドンドコ、ドコドコ、ドッゴンッ！

ズン、ズズンッ！


重い振動が伝わってくる。

まるで巨大なドラムの真横で、重低音を浴びてるみたいだ。

「ト、トールよ。これは⁉」

「はい、陛下。『火の魔石』と『風の魔石』、それと『水の魔石』による効果です。火と水の魔石で水蒸気を起こして、風の魔石で重低音を発生させています」

「それになんの意味があるのじゃ？」

「『ドラムモンキー』は対象のテンションを最高潮にするためのものです。でも、勇者がそれをどうやって実現しているのかわからなかったんです」

「う、うむ」

「だから精神的じゃなくて、身体《からだ》の方を『テンションが上がった状態』にしたらどうかなー、って考えました。ほら、やる気に満ちて興奮してるときって、鼓動が速くなって、体温が上がりますよね。汗もかきます」

「――⁉」

「ライゼンガ将軍たちは、強い火の魔力の持ち主です。そして、この『ドラムモンキー』には、火の魔石を大量に仕込んであります。その魔力を将軍たちの魔力とリンクさせれば――鼓動を速くして、体温を上げて、発汗を促しやすくなります。だから――」

「つまり……身体の方をテンションが上がった状態にして、精神の変化を促すということか⁉」

「そうです。テンションというのは気分の問題ですからね。身体の方に働きかければ、気分も変わるんじゃないかと」

「むむ……確かに、そうかもしれぬが……」

ルキエは、ライゼンガ将軍たちの方を見た。

「な……なんだこれは。妙に心に響く音と熱だな。ドンドコ……ドコドコ……ふむ」

「「「ドンドコ、ドコドコ――フンッ！」」」

将軍たちの肌は赤くなり、身体からは汗が噴き出してる。

本人たちは気づいてないみたいだけど、身体が小刻みに揺れ始めてる。

『ドラムモンキー』のかき鳴らす太鼓の音に合わせて、足を鳴らしたり、拳《こぶし》を握りしめたり――

ドンドコ……ドコドコ……。

「「「フンッ！」」」

ドンドコ……ドコドコ……。

「「「――ハッ！」」」

ドンドコ……ドコドコ……。

「「「うぉおおおおおっ‼」」」

ライゼンガ将軍と部下の人たちの声が、玉座の間に響き渡る。

そんな中、不意に入り口の扉が開いて——宰相閣下が顔を出した。

「魔王陛下、報告です。西の町に魔獣が現れたらしく——」

「「「魔獣だと————っ‼」」」

「ラ、ライゼンガ将軍⁉　ど、どうしてそんなに興奮されているのですか」

「ケルヴどの！　魔獣はどこだ！　どこにいるのだ‼」

「に、西の町ですが。小物です。将軍が相手にするほどのものでは……」

「いいから案内しろ！　我らのこの気合い、使わずにはいられぬ！　魔獣がどこにいようと討伐するまで！　皆、異論はないな‼」

「「「ございません‼」」」

「では皆の者、参るぞ‼」

「「「うおおおおおおおおおっ‼」」」

将軍と部下の兵士たちは、外に向かって走り出す。

「待ってください将軍！　さっき説明した通り『ドラムモンキー』の効果は一時的で、効果範囲はこの部屋だけで——」


ドンドコ……ド……。


「あ、演奏が止まった」

『ドラムモンキー』は太鼓を叩《たた》く姿勢のまま硬直してる。魔石が切れたからだ。

これって効果が大きい分だけ、魔石の消耗が激しいんだよな。

でも、効果は発揮した。ルキエの感想を聞いてみよう。

「いかがでしょう。魔王陛下。これが『ドラムモンキー』の効果ですが……」

「ん」

ルキエが廊下の方を指さした。

見ると……ライゼンガ将軍たちが倒れてた。

急に『ドラムモンキー』が停止したから、テンションが元に戻っちゃったんだ。

でもって将軍たちは……全速力で走ってたせいで、足がもつれて転んじゃったのか。

「一体、将軍たちになにが……」

その隣では宰相ケルヴさんが目を丸くしてる。

彼はこちらに視線を向けて、俺と、俺が持ってるアイテムを見て、なにかを悟ったような顔で、

「……トールどの。あとで私の執務室に来てください。なにがあったのか報告するように」

「はい」

「……では」

宰相ケルヴさんは、何事もなかったように、去っていった。

俺と魔王ルキエはそろって、ため息をついた。

「……失敗でした」

「いや、トールはちゃんと説明しておったじゃろう？　『効果は一時的で、効果範囲も狭い』と」

「でも、もうちょっと出力を弱めた方がよかったですね」

「実験のたびに、皆が走り出したら大変じゃものな」

俺とルキエは問題点を洗い出していく。

『ドラムモンキー』を使い続けるためには、これを持って走らなきゃいけない。

でも、そうすると『ドンドコドコドコ』の音で、敵が将軍たちに気づくかもしれない。

耳のいい魔獣相手だと、戦闘前に逃げられる。使い方が難しいな。

「やっぱり、勇者世界のアイテムには及びませんね」

「問題が解決するまで使わない方がよさそうじゃな」

俺と魔王ルキエは、再びため息をついた。

「それじゃ、この『ドラムモンキー』は処分します」

「もったいなかろう。魔石を取り外したら渡すがいい。余が責任を持って封印する」

「お願いします。ライゼンガ将軍も、部下の皆さんも、申し訳ありませんでした」

俺は廊下の方を向いて、将軍たちに頭を下げた。

将軍は気にしていないみたいで、うつぶせに倒れたまま、ぐっ、と親指を上げてくれた。

将軍の部下たちは——


「……錬金術師どの……おそるべきお方だ」

「……いや、久しぶりに戦闘本能が刺激されたぞ。それはそれで楽しかったのだが……」

「……あの太鼓、我が部隊の基本装備にするべきでは……」

それぞれがアイテムの感想を教えてくれてる。いい人たちだ。
やっぱり、魔王領に来てよかった。
そんなわけで、マジックアイテム『ドラムモンキー』は封印されることになり——
俺はさらに精進して、魔王領の役に立つアイテムを作ることを、心に誓ったのだった。

あとがき

はじめまして、千月《せんげつ》さかきです。

『創造錬金術師は自由を謳歌《おうか》する』を手に取っていただき、ありがとうございます。

この本は「小説家になろう」「カクヨム」に掲載しているお話を改稿して、色々と加筆したものです。読者の皆さまのおかげで、本にすることができました。本当にありがとうございます！

『創造錬金術』の舞台は「かつて勇者召喚が行われていた世界」です。

大昔に異世界『チキュウ』から召喚された勇者たちが、桁外《けたはず》れな力を振るい、世界を変えてしまったせいで「異世界勇者はすごい」が常識になっています。

主人公のトールがいるのは、勇者を直接知る者がいなくなった時代。

錬金術師の彼は、異世界の勇者が持ち込んだ『通販カタログ』を見つけたことから、勇者の世界のアイテムを再現しようと試みます。

でも、「勇者は桁外れ」「勇者じゃしょうがない」「勇者スゲー」が頭にあるトールが作るアイテムが、当たり前のものであるはずがなく――

果たして、トールの作る『勇者世界のアイテム』は、どんな効果をもたらすのか？

彼らから見た異世界『チキュウ』とは？

トールによって謎の発展を遂げる魔王領と、帝国とのパワーバランスは？

勇者世界を超えようとするトールと、魔王さまと仲間の物語を、どうぞお楽しみください！


『創造錬金術』は、コミカライズも決定しています。

作画は姫乃《ひめの》タカ先生に担当していただくことになりました。

（この本が出るころには、もっと詳しい情報が出ているかもしれません）

書籍版と合わせてコミカライズ版も、ぜひ、読んでみてください！


それでは、最後にお礼を。

いつもＷＥＢ版の『創造錬金術』を応援してくれる皆さま、本当にありがとうございます。おかげさまで、このお話を本にすることができました。

かぼちゃ先生。すばらしいイラストをありがとうございます。トールもメイベルも、ルキエもアグニスもすべてが最高です！

担当のＫさま。いつも素早いご対応ありがとうございます。これからもよろしくお願いします。

そしてこの本を手に取ってくださったすべての方に、最大級の感謝を。

もしも、このお話を気に入ってくださったなら、また、次巻でお会いしましょう。

千月　さかき

お便りはこちらまで

〒102－8177
カドカワBOOKS編集部　気付
千月さかき（様）宛
かぼちゃ（様）宛

カドカワBOOKS

創造《そうぞう》錬金術師《れんきんじゅつし》は自由《じゆう》を謳歌《おうか》する
故郷《こきょう》を追放《ついほう》されたら、魔王《まおう》のお膝元《ひざもと》で超絶効果《ちょうぜつこうか》のマジックアイテム作《つく》り放題《ほうだい》になりました

2021年5月10日　初版発行

著者／千月《せんげつ》さかき
発行者／青柳昌行
発行／株式会社KADOKAWA

〒102-8177
東京都千代田区富士見2-13-3
電話／0570-002-301（ナビダイヤル）

編集／カドカワBOOKS編集部
印刷所／暁印刷
製本所／本間製本

ISBN 978-4-04-074037-9 C0093

新文芸宣言

かつて「知」と「美」は特権階級の所有物でした。

15世紀、グーテンベルクが発明した活版印刷技術は、特権階級から「知」と「美」を解放し、ルネサンスや宗教改革を導きました。市民革命や産業革命も、大衆に「知」と「美」が広まらなければ起こりえませんでした。人間は、本を読むことにより、自由と平等を獲得していったのです。

21世紀、インターネット技術により、第二の「知」と「美」の解放が起こりました。一部の選ばれた才能を持つ者だけが文章や絵、映像を発表できる時代は終わり、誰もがネット上で自己表現を出来る時代がやってきました。

UGC（ユーザージェネレイテッドコンテンツ）の波は、今世界を席巻しています。UGCから生まれた小説は、一般大衆からの批評を取り込みながら内容を充実させて行きます。受け手と送り手の情報の交換によって、UGCは量的な評価を獲得し、爆発的にその数を増やしているのです。

こうしたUGCから生まれた小説群を、私たちは「新文芸」と名付けました。

新文芸は、インターネットによる新しい「知」と「美」の形です。

2015年10月10日
井上伸一郎